Distracción

SERIE
MINDF*CK
LIBRO 2

DISTRACCIÓN

S.T. ABBY

Traducido del inglés por Gema Pereira Silvestre

CONTRALUZ

Título original: *Sidetracked (The Mindf*ck 2)*

Primera edición: abril de 2026

PAPEL DE FIBRA
CERTIFICADA

Copyright © 2016. SIDETRACKED by S. T. Abby
© de la traducción: Gema Pereira Silvestre, 2026
© Contraluz (GRUPO ANAYA, S. A.), 2026
Calle Valentín Beato, 21
28037 Madrid
www.contraluzeditorial.es

ISBN: 979-13-87810-48-1
Depósito legal: M. 2.533-2026
Printed in Spain

Esto es para las que han perdido la voz.
Esto es para las que desearían ser Lana Myers.
Esto es para aquellas de las que la gente
todavía habla entre susurros.
Esto es para las que luchan cada día por olvidar.
No estáis solas.

Tim Hoover
Chuck Cosby
Nathan Malone
Jeremy Hoyt
Ben Harris
Tyler Shane
Laurence Martin
El tío del callejón

Ya falta menos…

Capítulo 1
LANA

> El verdadero conocimiento es saber hasta
> dónde llega nuestra propia ignorancia.
> —Confucio

A mi madre le gustaba citar a Confucio cuando necesitaba palabras de motivación. A mi padre le gustaba citar a Einstein cuando el mundo se le venía abajo.

Ahora mismo, ninguno de esos eruditos ya fallecidos me está ayudando. Tampoco lo hacen mis padres ni sus sabias palabras.

Para ser sinceros, probablemente nunca habrían aprobado esto de robarle la identidad a otra chica, quedarme con su herencia y usarla para conseguir vengarme de una forma cuando menos perturbadora de todos esos hombres que me destrozaron la vida.

Todo estaba en orden hace cinco minutos. Bueno, al menos para mí.

Entonces Hadley se presentó en mi puerta. No debería haberla abierto.

—Soy Hadley Grace.

Su nombre me suena ligeramente familiar, aunque no sé muy bien de qué.

—Muy bien. —Me encojo de hombros para dejarle claro que su nombre me importa bien poco.

—Logan Bennett es mi jefe.

Eso sí que es… inesperado.

—¿No deberías estar en Washington? He oído que el Hombre del Saco ha dejado otro cadáver.

Se le ilumina la mirada por la sorpresa antes de sacar el móvil del bolsillo y maldecir al leer algo.

—Seré breve —me dice, sosteniendo un expediente.

Me lo lanza y la sangre me bombea rápidamente por las venas mientras lo abro y compruebo que mis peores temores comienzan a hacerse realidad.

—En realidad, la que va a tener que ser breve eres tú —dice, con tono seco—. Dime por qué coño le robaste la identidad a una chica muerta.

Mi mente recorre mil escenarios y me pregunto qué es lo que sabe. Sé sin lugar a duda que el pánico que siento por dentro no se refleja en mi rostro. Soy la viva imagen de la compostura. En eso tengo práctica, pero no estaba preparada para algo así, y menos con alguien tan cercano a Logan.

—¿Siempre eres tan invasiva con las novias de tus amigos o es que yo soy especial? —le pregunto a la chica que tengo delante, manteniendo un tono calmado y frío.

—¿De verdad quieres fingir que no pasa nada? Genial. Llamaré a Logan. Le diré que una zorra mentirosa lo ha estado manipulando como a un títere.

—Adelante, llámalo. Y en cuanto a lo de robar la identidad de una chica muerta, esa es una acusación falsa. Pero, venga, hazlo y queda como una pirada celosa.

Empiezo a cerrar la puerta, pero ella mete el pie en el hueco y me lo impide.

«Pillada».

Despacio, vuelvo a abrir, con una ceja levantada.

—Hace diez años, Kennedy Carlyle sufrió un accidente de tráfico porque iba puesta hasta las cejas. Se consideró que sus heridas eran mortales, pero milagrosamente sobrevivió. ¿Cómo es eso posible?

Se está refiriendo a Kennedy como una persona diferente a mí adrede. Está intentando que meta la pata.

—Hace diez años, *yo* era otra persona. Me cambié el nombre de forma legal, me rehabilité y tomé algunas decisiones importantes en mi vida. Por aquel entonces yo era una niña de dieciséis años enfadada con el mundo. Nombre nuevo, vida nueva, decisiones nuevas y una mentalidad más sana. Sí que fue un milagro salir viva de aquello, y no me lo tomé a la ligera.

Esa es la mierda que he estado ensayando, preparándome para el día en que alguien me pidiera explicaciones.

Ella bufa con sorna.

—Ni siquiera te pareces a ella. He pasado tu imagen por el programa de reconocimiento facial, y ni en el blanco de los ojos.

Bueno, cuando me estuve preparando todo esto, nunca entró en mis planes encararme con el FBI.

—¿Te topaste con mi historial médico mientras invadías mi privacidad y te saltabas la ley para hacerlo?

—No infringí ninguna ley ni accedí a tus expedientes médicos.

—Sin embargo, sabías que las lesiones provocadas por ese accidente de coche eran tan graves que debería haber muerto. —Le doy la vuelta a la tortilla, señalando ahora sus mentiras.

Entrecierra los ojos casi por completo y yo me subo la camiseta, lo que la pilla por sorpresa.

Su mirada se posa en mis cicatrices irregulares. Y eso que no ha visto las de la espalda. Logan ni siquiera las ha mencionado desde que me quedé paralizada cuando vio las dos marcas largas y desagradables que tengo en el torso.

—Tienes razón. Casi no salgo viva. —Resulta que Kennedy se cortó y se hizo pedazos casi igual que yo—. Tengo pruebas. Siempre puedo desmaquillarme y enseñarte algunas cicatrices apenas visibles que tengo en la cara. Ahí tuve suerte. Diez operaciones de reconstrucción facial hechas por un cirujano de la hostia impidieron que mi rostro mostrase el mismo aspecto horroroso que tienen estas dos cicatrices.

Retrocede un poco, con los labios apretados. En los reconocimientos faciales, los ojos te delatan. A menos que tengas la cara tan destrozada que el noventa por ciento esté compuesto por placas metálicas. Pero ahora debería coincidir.

Jake lo solucionó todo hace mucho tiempo, así que puede que solo esté tirándose un farol.

—Mi cara sufrió la mayor parte del daño. Puedes verlo en los informes médicos. Estaba tan destrozada que prácticamente tuvieron que reconstruírmela. Así que sí, es un milagro que sobreviviera. No dudes en indagar en los informes de mi cirujano plástico. Es el doctor Calvin Morose. Estoy segura de que le ofrecerás una disculpa a Logan cuando acabes.

Empiezo a cerrar la puerta de golpe otra vez, pero ella la vuelve a detener con el pie. En esta ocasión, cuando la abro de nuevo, la miro con odio, intentando parecer más ofendida que descompuesta.

—Kennedy Carlyle era una estudiante que aprobaba por los pelos. Sin embargo, de repente, tras el accidente, da un giro a su vida, termina el instituto con una buena nota media y consigue entrar en la universidad. Además, ¿ahora también hace perfiles de asesinos en serie como un experto del FBI?

Ah, así que todo esto es por el Hombre del Saco de los cojones. Qué ganas tengo de matar a ese gilipollas, de verdad.

—Me limité a señalar que limpiaba como alguien que se dedica a ese ámbito. Eso no es perfilar. Los niños ricos pasan más tiempo con el servicio que con sus padres.

—Le dijiste a Logan que tu padre era amigo de un conserje —dice, sonriendo como si me hubiera pillado en otra mentira.

¿Pero cuánto coño sabe? ¿Por qué está tan empeñada en encontrar mis trapos sucios?

¿Tengo que matarla?

No. No. No puedo matarla. No a menos que sea una violadora.

¿No será una violadora por casualidad?

Miro su cuerpo delgado, su estatura enclenque y le doy una vuelta. Después de todo, las apariencias engañan en lo que a mí respecta. Lo mismo podría pasar con ella.

Definitivamente, he perdido la cabeza.

—Mi padre era amigo de muchos conserjes. Los llamaba «mayordomos». Siento no haberle contado a mi novio que era una niñata rica de una familia privilegiada que se centraba demasiado en cosas chungas antes de estar a punto de morir. Fue una llamada de atención. En cuanto a ocultarle todo esto… Logan y yo acabamos de empezar a salir. Vomitarle mi pasado en la cara no es la mejor manera de comenzar una relación. Y volverse loca de celos y hurgar en el pasado de su novia no es la mejor forma de quitárselo. Ahora haz el favor de irte a tomar por culo.

—¿Y si le enseño esto a Logan? —me amenaza.

—Entonces supongo que le mostraré los informes del cirujano plástico y todo lo que me he hecho. Y, si me hace sentir tan violentada como tú, romperé con él.

Le cierro la puerta en la cara, ignorando el temblor de mi mano cuando me recuesto sobre la puerta. La madre que me parió.

Mi pasado es sólido. Jake se aseguró de ello. Todos los informes de Kennedy Carlyle fueron modificados para que encajaran conmigo. Sus cicatrices. Sus heridas. Su grupo sanguíneo. Su puto ADN. Ha cubierto todos y cada uno de los rastros que hay.

Yo *soy* Kennedy Carlyle.

Bueno, en realidad soy Lana Myers.

Tanto Victoria Evans como Kennedy murieron, y nació Lana.

Lo que no me explico es cómo no tengo una crisis de identidad.

En cuanto agarro mi móvil, vuelvo a encenderlo y llamo a Jake.

—¿Qué coño pasa? —me grita—. ¡¿Por qué me cuelgas y apagas el teléfono?!

—Descubre hasta el último secreto oscuro que esconda una tal Hadley Grace.

—¿Qué? ¿Por qué?

Respiro hondo, preparándome para la inevitable bronca.

—Porque acaba de convertirse en un problema.

Capítulo 2
LOGAN

El hombre superior piensa siempre
en la virtud; el hombre vulgar piensa
en la comodidad.
—Confucio

—¿Dónde cojones se ha metido Hadley? Ya
debería estar al frente de la investigación forense —grito, mirando a Elise.

—La he llamado varias veces. Me ha man-
dado un mensaje diciendo que viene de camino.

Me paso una mano por el pelo con cansan-
cio mientras por fin consiguen meter el cuerpo
de la pobre mujer dentro.

Ese desgraciado está aquí.

Está burlándose de mí.

Busca llamar mi atención.

Ha grabado mi nombre en el cuerpo de una
muerta, como si dijera que era culpa mía que
él estuviera allí.

—Quiero todas las grabaciones de las cámaras de vigilancia en un radio de cinco manzanas. ¡Quiero saber de dónde vino y adónde se fue! —le espeto a Elise, y ella asiente con la cabeza antes de salir corriendo a cumplir mis órdenes.

Nunca había estado tan cabreado. En los siete años que llevo trabajando para el FBI, jamás han ido directamente a por mí. Ningún asesino en serie fue tan lejos como para grabar un mensaje con mi nombre en el pecho de una mujer.

Se me revuelve el estómago de rabia mientras me abro paso entre la multitud. Voy a encontrarlo.

Lana tenía razón. Quiere más atención. Ahora su fijación es provocarme con los asesinatos que comete.

Tengo que mantenerme alejado de Lana hasta que todo esto acabe. No estará a salvo hasta que tengamos a ese desgraciado entre rejas. Un sádico sexual no iría a por mí personalmente, sino a por la mujer que me importa. Es una idea que no he compartido con ella. Pero nunca pensé que él quisiera este tipo de atención.

Ella lo vio venir antes que yo. Hasta ahora él nunca había dado muestras de necesitar algo así.

He difundido su rostro y su nombre por todos los medios de comunicación, y en lugar de pasar desapercibido, mata a una mujer prácticamente en mi portal.

Donny parece tan furioso como yo mientras se acerca a mí. La gravedad de la situación nos está afectando, y todo el mundo está dispuesto a acusarnos, como si fuéramos nosotros quienes hubiéramos creado al monstruo.

—Está desarrollando una personalidad narcisista que se contrapondrá a su sadismo sexual…

—Tenemos una pista —dice Lisa, interrumpiendo a Donny—. Han visto a Gerald Plemmons en el centro hace media hora.

No tardo en montarme en el SUV. Lisa y Donny me acompañan, y arrancamos rumbo a la pista más reciente.

—Ha llamado el director. Tenemos orden de disparar a matar —les digo a ambos.

Por una vez, no me importaría cumplir esa orden.

—¿Tú crees? —pregunta Lisa desde el asiento del copiloto—. Este tipo lo ha convertido en algo personal. Es un sádico sexual con tendencias narcisistas, y yo soy tu ex. Creo que sería prudente que me quedara con alguien.

—No irá a por ti —interviene Donny desde el asiento trasero—. Más bien se centrará en Lana.

Aprieto con fuerza el volante mientras Donny se hace eco de mis propias preocupaciones.

—¿Quién es Lana? —pregunta Lisa, confundida.

—Voy a enviar a dos agentes a su casa hasta que esto se acabe. Pero no demos por sentado que está obsesionado solo conmigo. Podría estarlo con todo el equipo.

—Llevo dos años sin tener una relación con alguien que no sea mi mano —contesta Donny.

—¿Quién es Lana? —vuelve a preguntar Lisa.

—Elise, Lisa y Hadley son las únicas mujeres del equipo. Deberíamos organizar una patrulla para ellas también —le digo, ignorando a Lisa, que suspira molesta.

Ni siquiera dudo en avisar a los refuerzos mientras conduzco hacia el lugar. Probablemente no sirva de nada. Este tipo es demasiado listo como para quedarse en el mismo sitio durante mucho tiempo.

Sabe que voy a por él.

La vida es muy simple,
pero insistimos en hacerla complicada.
—CONFUCIO

Tengo a dos policías apostados fuera de mi casa, protegiéndome, manteniéndome a salvo del Hombre del Saco. Sí, soy consciente de lo ridículo que suena.

Tengo una habitación repleta de información y de grabaciones de cámaras de seguridad de todas mis próximas víctimas. Ahora mismo estoy en esa habitación mientras dos tipos pasan el rato en su coche patrulla mostrando muy poca discreción.

¿Es que no saben mantener un perfil bajo?

Y tienen las ventanillas bajadas. ¿Acaso nunca han visto una película de terror? Ventanillas bajadas igual a gargantas rajadas.

Como esta habitación no tiene ventanas, los veo a través de mis propias cámaras de seguridad desde mi cuarto de los asesinatos. Solo hay cámaras en el exterior, y las he instalado hoy a propósito para echarles un ojo a esos polis.

Que Logan no me haga caso me está cabreando. No quiero policías aquí. Los policías entorpecen mis planes. Pero eso no puedo decírselo. Está decidido a mantenerme a salvo. Yo estoy decidida a hacer picadillo a un asesino en serie al que no tengo muy claro que vayan a amedrentar los maderos de ahí fuera.

También le echo un vistazo a las cámaras que vigilan a Anthony. Mi próxima víctima. Por ahora solo he conseguido instalar dos de las mías. Por su culpa voy a tener que acercarme más a casa. Se aproxima el momento de meter quinta. Tendré que ponerme creativa para seguir torturándolos una vez que llegue a ese pueblo enfermo y retorcido. Tendré al FBI encima.

Y mi novio tiene a la policía vigilando mi casa. La casa donde tengo todos los utensilios que uso para matar. Unos maderos que me siguen hasta cuando voy a la tienda a por leche. Obviamente, no puedo permitir que me escolten y vigilen mi zona de caza durante días mientras torturo a la gente.

Me cago en el Hombre del Saco.

Ojalá pudiera castrarlo. Ojalá pudiera repartir la justicia que de verdad merecen las personas a las que ha hecho daño. Pero tengo que hacer que parezca un golpe de suerte.

Con un suspiro, salgo de la habitación secreta y recoloco la estantería vacía en su sitio para esconder la puerta. Luego cierro con llave la habitación de verdad, la que oculta otra en su interior.

Ahora mismo todo es misterio y secretismo. Eso es lo que pasa cuando eres una asesina en serie que sale con un perfilador del FBI que se dedica a dar caza a gente como tú.

De alguna forma mi vida sencilla se ha vuelto muy complicada.

Media hora después, veo que aparca un SUV conocido y sonrío cuando Logan se baja y se pone a hablar con el policía que está más cerca de casa. Lo que no me gusta es que trae a un chico y una chica consigo. Porque eso significa que no se queda.

Al salir por la puerta principal, me fijo en los dos desconocidos y los examino. El chico me sonríe con sinceridad e incluso me saluda con la mano, de una forma mucho menos incómoda que la vez que yo se lo hice a Logan.

Sin embargo, la chica no parece demasiado contenta al verme. Al menos llevo pantalones. He decidido que, mientras que el Hombre del Saco no desaparezca, lo mejor es llevarlos.

Por lo visto, todas las chicas de su equipo tienen problemas conmigo, sobre todo porque esta es la segunda que conozco y me está mirando con el ceño fruncido. ¿Acaso estas mujeres no saben lo peligroso que es cabrear a una asesina altamente entrenada?

Desvío la mirada de ella y vuelvo a centrar mi atención en Logan mientras camina hacia mí con expresión sombría. Su pelo parece más rubio en contraste con el traje negro habitual que lleva cuando está de servicio.

En cuanto llega a mi lado, me agarra del pelo y me sorprende al besarme. Me olvido del público del jardín y le devuelvo el beso, inclinándome hacia él mientras me desliza una mano por la espalda y me atrae hacia sí.

Al oír un fuerte silbido, él interrumpe el beso. El hombre con el que ha venido se ríe antes de volver a silbar y se dirige hacia nosotros mientras Logan suspira.

—¿Podemos pasar? —pregunta.

Asiento, y él entrelaza los dedos con los míos mientras el de los silbidos y la zorra que no deja de mirarme entran en mi casa y cierran la puerta tras de sí. La chica echa un vistazo alrededor, como si intentase hacerse una idea de mí basándose en la escasa decoración.

—Siento muchísimo esto —dice Logan contra mi frente mientras posa en ella otro beso.

—Estaré bien, Logan. Traer policías aquí es una exageración, y son muy molestos. De todas formas, aparcar a plena vista tampoco es que me parezca especialmente útil.

—Evitará toparse con las autoridades —dice el chico desconocido—. Ahora mismo quiere seguir libre para continuar provocando. No puede arriesgarse a que lo atrapen. No puede saber si hay otro policía dentro.

—Por eso estoy aquí —añade Logan, mirándome con una mueca de fastidio.

—No —digo con firmeza—. No quiero a nadie dentro de casa. A menos que te estés ofreciendo voluntario.

—Al menos sé agradecida. —La chica interviene en la conversación y se gana una mirada amenazadora por parte de Logan—. Estos policías están aquí para protegerte. Tener a alguien en la cama al final del pasillo sería más seguro, y están haciendo todo lo posible para conseguirlo.

No me cae nada bien. ¿Puedo apuñalarla? ¿Un poquito de nada?

—Lisa, si no vas a cerrar el pico, vete al coche —le dice Logan con un tono mordaz que no había oído antes.

Ella le lanza una mirada asesina y yo voy encajando las piezas poco a poco. Rencor. En su mirada hay mucho rencor.

No es difícil reconocer a una mujer despechada.

Logan le habla como lo haría con una ex con la que estuviera enfadado, no con una compañera de trabajo normal.

Ahora mismo no me está gustando nada esta situación.

Y puede que sí la raje de verdad. Algo más que un poquito.

Para mi desgracia, se deja caer en una silla en lugar de marcharse, y Logan me agarra de la mano y me arrastra por el pasillo hasta mi habitación. En cuanto cierra la puerta, me giro hacia él e intento no montarle un numerito de celos.

—Nunca has mencionado que salieras con alguien de tu equipo —digo con calma, como una chica totalmente racional y no como una psicópata despiadada.

—Pasó hace más de un año y fue completamente irrelevante.

—Está celosa.

En sus ojos hay un destello de humor.

—Igual que tú. Me alegra ver que no soy el único que está perdiendo la cabeza en esta relación.

Aprieta los labios y yo reprimo una estúpida sonrisa que asoma en respuesta. Él es capaz de hacer eso: disipar mi enfado sin apenas esfuerzo.

Nadie lo había conseguido antes.

Le rodeo el cuello con los brazos y él me agarra por la cintura.

—Deja que duerma alguien dentro de casa. Me sentiría mejor sabiendo que tengo todos los frentes cubiertos. Yo voy a dormir en mi despacho unas pocas horas como máximo. Este caso es la prioridad absoluta para mi departamento en este momento, pero tú eres la mía.

—No —digo, tajante. No pienso arriesgarme a que un policía fisgonee en mi casa—. No me siento cómoda con un tío desconocido durmiendo aquí. Tener una placa no lo convierte en alguien honrado.

Su sonrisa se desvanece y ladea la cabeza, confundido.

—¿Qué? —pregunto.

—Nada. Es solo que… una vez creí que parecías confiar en mí porque llevaba una placa. Según mi perfil, eras alguien sin problema alguno con las autoridades, o sea que nunca habías tenido ninguna mala experiencia con ellas.

—¿Y ahora te estoy desconcertando? —musito, y luego sonrío, tratando de ocultar la vorágine de emociones que no quiero que vea por accidente—. Algún día te contaré todo sobre mí. Pero no. No confío en los hombres solo porque lleven placa. Donde crecí, llevar placa solo significaba salirse con la suya. Vivía en un pueblo corrupto.

Me acaricia la mejilla con el dedo y yo me inclino hacia su mano mientras me maldigo por haber contado demasiado sobre mi vida como Victoria en lugar de como Lana o Kennedy.

—Lo siento. Intentaré sacar tiempo libre para venir a dormir una o dos horas contigo. Tal vez puedas contarme pronto algunas de esas experiencias del pasado.

Sacudo la cabeza mientras le sujeto las muñecas.

—Haz tu trabajo. Ya soy mayorcita. El Hombre del Saco dejó de darme miedo cuando tenía cinco años. —Sonrío para suavizar la broma morbosa, pero él frunce el ceño.

—Esto es algo serio, Lana. Si te pusiera las manos encima...

—He recibido clases de defensa personal. Tengo dos pistolas. También planeo salir corriendo por la puerta trasera en lugar de subir las escaleras. No pasa nada. Puedo arreglármelas.

—Si te pone las manos encima, no habrá nada que puedas hacer.

Me doy cuenta de que se le revuelve el estómago solo de pensar en ese desenlace. Si él supiera...

—Vale —le digo, solo para tranquilizarlo—. Se puede quedar alguien dentro. Alguien de tu confianza. Me imagino que tienes amigos entre la policía local.

El alivio que se refleja en su rostro hace que merezca la pena todo lo que puede salir mal. Le importo de verdad. Ahora mismo está aterrorizado por mí, porque puede que un asesino sin escrúpulos me esté buscando.

No se me pasa por alto la ironía.

—Amigos no, pero conozco a varios hombres respetables en los que sin duda se puede confiar —dice por lo bajo—. Nunca dejaría entrar a nadie si siento que no puedo confiar en él.

No le cuento que simplemente los castraría y les clavaría la polla en la pared si intentaran algo. En su lugar, dejo que piense que soy débil y que necesito que me protejan. Porque en este momento es lo que él necesita.

La verdad es demasiado oscura como para afrontarla.

Y me pregunto qué pasará si alguna vez sale a la luz.

Me besa, atrayéndome hacia su cuerpo mientras disipa todas las preocupaciones que rondan por mi mente. Por esto vale la pena perderlo todo. Casi vale la pena renunciar a mi venganza.

Pero esta venganza no es solo mía. Las almas más allá de la tumba también piden justicia. Esas almas necesitan paz.

Logan se aleja demasiado pronto y yo reprimo un gemido de frustración.

—Cuídate. Estaré yendo y viniendo en la medida de lo posible. Necesitaré verte con mis propios ojos para asegurarme de que estás realmente a salvo.

—No pondré pegas a verte, pero haz tu trabajo. No dejes que le haga daño a otra persona por estar centrado en mí. Eso es lo que quiere él.

Me pasa el pulgar por el labio inferior y se queda mirándolo por un momento.

—¿Te he dicho hoy que eres perfecta?

Sonrío ante su contacto, aunque me resulte duro. Perfección. Cree que soy perfecta. Nada más lejos de la realidad, pero eso ya se lo he dicho antes.

—¿Qué hay de esa chica? —pregunto, decidida a encontrar algunas respuestas antes de que se marche.

Eso le hace sonreír más.

—Salimos unos meses. Ella quería compromiso. Yo estaba casado con el trabajo. Se trasladó a mi departamento y rompí con ella porque está prohibido tener una relación con alguien del mismo equipo.

Eso me pone tensa. Caray. ¿Cuándo me he vuelto una niñata?

—¿Pero seguiríais juntos si no se hubiera trasladado?

Incluso yo me doy cuenta de lo patéticamente insegura que sueno.

Pero Logan, el muy cabrón, sonríe aún más.

—No. Solo era la forma más fácil de conseguir que entendiera que habíamos terminado.

Eres la primera mujer que me hace querer faltar al trabajo, Lana. Haces que me cuestione mis prioridades y si realmente esto vale la pena.

Siento mariposas en el estómago de la emoción.

—Sabes que merece la pena. Detienes a asesinos. Eres un héroe.

Su sonrisa se desvanece y se aclara la garganta.

—No siempre los detengo a tiempo. Con cada uno que atrapamos parecen salir dos. Y encima ahora esto. Te he puesto en peligro por culpa de mi trabajo. Poner en riesgo tu vida no vale la pena, eso lo tengo claro.

Lo atraigo hacia mí y lo beso de nuevo, y él me agarra con fuerza, acercándome aún más. Me levanta cogiéndome por el trasero con ambas manos y aterrizo sobre la cómoda mientras él se coloca entre mis piernas sin dejar de devorar mi boca.

Cuando gimo, él ahoga el sonido, y entonces alguien llama a la puerta.

—¡Tenemos que irnos si queremos reunirnos con Elise y Leonard para entregarles los ajustes del perfil! —insiste la chica.

Decidido: voy a rajarla.

Logan no interrumpe el beso. Más bien al contrario: me besa con más intensidad, como si quisiera dejarme claro que ella no es tan importante como yo. Como si nada lo fuera.

Soy yo quien finalmente rompe el beso, y él apoya su frente contra la mía mientras ambos recuperamos el aliento.

—Ten cuidado —le digo con suavidad—. No te preocupes por mí. Y sí que marcas la diferencia.

Él gime antes de rozar sus labios contra los míos de nuevo y me baja de la cómoda, entrelazando nuestros dedos. Su ex, la perfiladora, está esperando en el salón cuando nos reunimos con ellos.

—Llama al comisario Harris y dile que envíe a uno de los chicos de mi lista —le dice Logan al perfilador, como si hubiera estado esperando a que le diera permiso.

La tipa se queda mirándonos antes de darse la vuelta y salir. Logan me acaricia la mejilla con los dedos una vez más antes de darme un beso rápido e irse tras ellos.

Ella se sube a la parte trasera del SUV y el chico se sienta en el asiento del copiloto, junto a Logan, que se pone al volante. No me sorprende. Me he dado cuenta de que es un poco controlador. No es que me importe.

Mientras da marcha atrás, toca dos veces el claxon, y una estúpida sonrisa me ilumina el rostro. Recuerdo que mi vecino pitaba cada vez que salía, como si fuera su forma de decirle «hasta luego» a su esposa.

Yyyyy vuelvo a estar a dos pasos de tatuarme su nombre en el culo.

Después de cerrar la puerta, gruño al darme cuenta de que no le he preguntado por su relación con Hadley. Malditas sean. ¿De cuántas tías voy a tener que encargarme?

Subo corriendo las escaleras, entro en mi habitación secreta y toco la manzana que hay sobre mi escritorio. Es una manzana de cera, de un color rojo brillante, y de la que asoman siete clavos. Aún faltan muchos más.

Echo un vistazo a mi alrededor y me pregunto cómo de estúpido es dejar un cuarto de los asesinatos dentro de una casa donde hay un poli. Logan respeta mi privacidad y nunca husmearía. ¿Pero este? No sé nada sobre el tipo que va a venir a quedarse.

Espero de veras que la puerta secreta permanezca oculta. Y que la metálica con cerradura de código sea suficiente para mantener alejado a cualquier policía entrometido si la primera no cumple su función.

Capítulo 4
LOGAN

Sin respeto, ¿qué distingue
a los hombres de las bestias?
—Confucio

—Lleva dos días sin actuar —dice Elise, que sigue examinando los últimos informes de los forenses.

—Está siendo prudente. Quiere atención, pero no que le gane, y mucho menos que lo haga antes de dar el último golpe.

—¿Cuál es ese último golpe?

—Lana —respondo, agarrando el bolígrafo con fuerza.

—Eso no lo sabemos —rebate Lisa.

La ignoro. Está comportándose como una novia celosa cuando lleva más de un año sin hacerlo. No sé qué mosca le ha picado de repente, pero es una absurdez y no viene a cuento, mucho menos en este momento.

—Tenemos un problema —dice Donny, quien camina hacia mi mesa a paso ligero.

—Tenemos un tablón lleno de problemas —le recuerdo, señalándole todos los casos sin resolver.

—Dos chicos de Delaney Grove han desaparecido.

Siento un escalofrío y me enderezo en la silla.

—¿Podría tratarse de una coincidencia? El sujeto cometía los crímenes en las casas de las víctimas.

—También ha centrado su objetivo en hombres solteros que viven aislados. Lawrence Martin, director de publicidad de veintinueve años de Nueva York, tenía un compañero de piso. Desapareció en algún momento en los últimos diez u once días.

—Hostia puta —dice Elise—. A todos los encontraron como máximo a los cuatro días. Tiene que ser casualidad, sobre todo porque no encaja del todo en el patrón de las víctimas.

—Demasiada coincidencia —le digo, antes de centrarme en Donny—. ¿Por qué su compañero de piso no notificó antes la desaparición?

—No estaba seguro de si Lawrence había empezado a salir con una chica o si se estaba quedando a dormir en la oficina. Tampoco me dio la impresión de que le importara demasiado, pero tocaba pagar el alquiler, y, según él, Lawrence nunca fallaba a la hora de poner su parte. Ayer no se presentó, ha estado faltando al trabajo y nadie lo ha visto.

—¿Y el otro? —pregunta Elise.

—Tyler Shane —responde Donny—. Analista de tecnología de veintisiete años de Virginia Occidental. Se mudó allí desde Delaney Grove nada más terminar el instituto. Su novia ha denunciado hoy su desaparición.

—¿Así que tiene novia? —pregunto, desconcertado—. Nuestro sujeto ha estado centrándose solo en hombres solteros.

—También tiene mujer —dije Donny, levantando las cejas—. Aparentemente recibió fotos y capturas de pantalla de Tyler con una tal Denise Watkins, la novia, de una fuente anónima. Ella se marchó ese día y no ha vuelto. Ni siquiera sabía que estaba desaparecido, y no creo que le importe.

—¿Existe la posibilidad de que sea culpable de su desaparición? —pregunta Lisa, lanzándome cuchillos con la mirada—. Después de todo, los crímenes pasionales son más frecuentes que los asesinatos en serie.

Todos nos miran, como esperando respuestas, pero yo no tengo ni idea de qué le pasa.

—Ha estado en Los Ángeles desde que se marchó —dice Donny, que se aclara la garganta y retoma el tema—. Su trabajo la obliga a viajar mucho, y esta última vez decidió quedarse fuera y tomarse un par de días para ella. Estar al otro lado del país es una coartada cojonuda.

—Compruébalo —le ordeno—. Asegúrate de que es de fiar. Revisa también las cuentas bancarias de Lawrence Martin. Verifica si realizó retiradas importantes. Lo mismo para Tyler Shane. Investigad también al compañero de piso y a la novia. Nuestro sujeto no los saca de sus domicilios y únicamente ha seleccionado a hombres solteros que viven solos.

—¿Y si es nuestro hombre? —pregunta Leonard, que se une al debate.

—Entonces tendremos que revisar el perfil y después enviar esta historia a los medios de comunicación. De entrada, lo de sádico sexual era un tanto rebuscado. Si estos dos están relacionados con nuestro sospechoso, entonces no se trata de un sádico sexual. Simplemente es un sádico. Investiga a cualquiera que pueda tener antecedentes de maltrato animal.

Agarro mi cuaderno y tomo unas cuantas notas.

—En ningún momento dio muestras de vacilación —digo en voz baja mientras estudio las imágenes de la primera víctima—. Este tipo se siente cómodo con la muerte y los asesinatos. No se han detectado patrones de ira. Solo ataca a personas que han abandonado el pueblo.

—Lo que significa que podría haber asesinado con anterioridad —añade Lisa.

—De ahí lo de los animales torturados —señalo, mientras muevo las fotografías sobre mi escritorio—. Puede que esté resentido con esas personas por marcharse del pueblo y tener vidas exitosas. Si encontramos los cadáveres, entregaremos el perfil a los medios de comunicación.

Todos asienten y yo cojo el teléfono para llamar a Lana. Ella contesta casi de inmediato.

—Eh, hola, ¿qué tal va la búsqueda? —pregunta, con voz entrecortada y alegre.

—Por ahora todo está tranquilo. Hadley se está encargando de una parte de la investigación forense para ver si conseguimos tomarle la delantera. ¿Por qué se te escucha sin aliento?

—Estoy hablando por teléfono. Ya vuelvo —le dice a alguien—. Lo siento —se disculpa al móvil—. Estaba entrenando con Duke. Me está enseñando algunos movimientos.

Las cejas casi me rozan la línea del pelo mientras me pongo de pie.

—¿Duke?

—El detective John Duke. Ha venido hoy para pasar la noche conmigo. Me ha dicho que todo el mundo lo llama Duke. Es el chico que has asignado para que venga a mi casa, ¿recuerdas?

No. No lo recuerdo. Se suponía que debía ser Marley St. James, un tío mayor que está a punto de ascender. Llevaba desde el día en que tuve que irme. ¿Por qué lo han retirado?

John Duke... No me suena.

—¿Qué ha pasado con Marley? —pregunto distraídamente.

—Supongo que le surgió algo. No le pregunté por los detalles. En realidad no llegamos a hablar. Se mantuvo bastante reservado el tiempo que pasó aquí.

Me inclino rápidamente sobre la silla, sin sentarme, y tecleo el nombre del desconocido en el ordenador mientras Lana continúa hablando. La foto de John Duke aparece en mi pantalla y casi se me cae el teléfono.

Hijo de puta.

Veintiocho años. En forma. Soltero. Ambicioso. Recién ascendido a detective de homicidios, un puesto muy codiciado. Definitivamente no es feo (no me creo que lo esté reconociendo).

Y está en la casa de mi novia. Durmiendo allí. Se va a quedar con ella mientras yo estoy aquí. Los dos solos.

Me voy a cargar a alguien por fastidiarlo todo.

—¿Logan? —pregunta Lana, con voz preocupada—. ¿Estás bien?

—Me pregunto cómo un detective de homicidios tiene tiempo para hacer de niñero —digo con indiferencia mientras recojo mi bolsa del suelo y me dirijo hacia la puerta. Necesito dormir unas horas y tengo claro dónde quiero pasar ese tiempo.

—Mm… Me contó que su jefe le ordenó venir. El departamento se está tomando esta amenaza muy en serio. Piensan que Duke está más capacitado para sorprender a Plemmons cuando aparezca, si es que lo hace.

Montar un numerito no entra en mis planes. La policía local quiere atribuirse la detención y lo está aprovechando para sacarnos ventaja dado que hemos delegado en ella su protección. Dado que *yo* he delegado en ella su protección.

Me encargaré de Duke cuando llegue.

—No lo conozco, Lana. Según parece, han enviado a alguien a quien quieren atribuirle el mérito de cualquier detención.

—Ya decía yo —dice bajito, pero hay un tono burlón en su voz.

—¿Y eso por qué? —pregunto, mientras me monto en el SUV.

—Porque de ninguna manera ibas a enviarme a *este tío* para que se quedase en mi casa mientras no estás.

Resoplo con desdén, pero luego me relajo cuando ella se ríe.

—No se preocupe, agente Bennett. Suelo pasar de los chicos que llevan placa. Usted es mi única excepción.

Otra vez. Sigo sin entenderlo. Carecer de antecedentes penales equivale a no haber tenido problemas con la policía. A menos que haya un historial sellado de cuando era menor, pero no apareció nada cuando Hadley introdujo su nombre en el sistema.

—Ayúdame a no dormirme mientras conduzco —le digo, obviando todo lo demás.

—¿Quieres que te cuente cómo he roto el vibrador esta mañana?

Doy un volantazo y maldigo cuando alguien toca el claxon.

—¿Logan? ¿Estás bien? —me pregunta, con voz de auténtica preocupación.

—Sí —refunfuño—. Vale, ¿cómo has roto el vibrador?

Esta chica… Juraría que se excita sorprendiéndome. Cada vez que creo entenderla, me sale con algo nuevo.

Se ríe con suavidad.

—Bueno, lo saqué del cajón, me quité las bragas en la cama y, cuando lo deslicé por mi cuerpo, aumentando la expectación mientras vibraba…, se me resbaló de la mano, chocó con un pliegue de la cama y se estrelló contra el suelo. La parte divertida se partió.

Se me escapa una carcajada antes de que pueda detenerla y noto que sonríe.

—¿Qué pasa si te digo que tu vibrador puede tomarse un descanso esta noche?

—Te diría que es obvio. Porque ahora ya no sirve.

—Me refería a que voy para allá —digo, aún riéndome entre dientes.

—¿En serio? ¿Te dejan escaparte? —La emoción de su voz hace que conduzca un poco más rápido.

—Voy de camino ahora mismo —respondo, y sonrío al oír su suspiro de satisfacción.

—Bueno, bien, entonces puedes…

El móvil me pita con una llamada entrante y yo gruño, cortándola a mitad de frase.

—Tienes que colgar, ¿verdad? —musita.

—Por desgracia, sí. Pero te veo en unos veinte minutos.

—Ten cuidado.

Cuelgo y contesto a la llamada sin mirar quién es.

—Bennett.

—He encontrado algo que podría darnos una pista. ¿Dónde estás? —pregunta Hadley.

—He salido hace solo unos minutos. Llévale lo que has encontrado a Donny. Voy a echarme un par de horas y a dormir un poco en una cama de verdad.

—¿En la tuya? —pregunta, con un tono cortante.

—No. Aunque tampoco es asunto tuyo.

—Logan, tenemos que hablar de algo —dice vacilante.

—¿De qué?

Pasados unos cuantos y prolongados segundos, termina soltando un sonoro suspiro de frustración.

—Nada. Al menos por ahora. Si encuentro algo, te lo haré saber.

Qué raro.

—De acuerdo. Entonces, ponte en contacto con Donny acerca de lo que has encontrado y…

—¿En serio no quieres venir a echarle un vistazo por ti mismo? —me interrumpe.

—¿Va a resolver el caso? ¿Nos llevará hasta él?

—A ver, no, pero…

—Entonces llévaselo a Donny. Necesito dormir, Hadley. Volveré en cuanto mis ojos dejen de cerrarse solos.

Se me escapa un fuerte bostezo, como si fuera una señal, y suspira con pesadez.

—Está bien. Te veo luego.

Cuelgo el teléfono, repaso el caso en mi cabeza y resisto la tentación de volver a llamar a Lana solo porque no me gusta la idea de que esté allí sola con un chico soltero. Un chico soltero que podría estar tocándola con la excusa del «entrenamiento». Un chico soltero que, al parecer, está intentando entablar relación con ella.

Agarro el volante con más fuerza.

Tengo que controlar estos celos.

Capítulo 5
LANA

Ver y escuchar a los malvados
ya es el comienzo de la maldad.
—Confucio

Esquivo un golpe lento de Duke, sonriendo ante la tranquilidad con que se lo toma. Quiere que domine algunas técnicas por si las cosas se desmadran. Vino y sugirió que entrenáramos para ver en qué tenía que mejorar.

Flaquea en el lado izquierdo, lo que lo deja expuesto constantemente a los ataques. Su técnica es descuidada, de boxeo *amateur* como mucho. Lo más probable es que se criara en una familia de militares y su padre le enseñara algunas técnicas arcaicas y obsoletas.

En una pelea real, lo tendría bajo control y suplicando clemencia en menos de dos minutos.

Pero se supone que soy una chica normal. Consumo calorías de más a diario para estar un poco rellenita y ocultar mi destreza tras una fachada femenina, sin tonificarme demasiado para que no se note mi auténtica forma física.

Duke sonríe cuando lanzo un débil y patético puñetazo a su izquierda. Lo bloquea sin problemas y yo reprimo la sonrisa que quiero mostrar. Me encanta guardar secretitos.

Engañar al mundo entero para que piensen que eres el cordero en lugar del lobo rabioso tiene su punto.

—Muy bien. Vamos a entrenar en la pared. Plemmons siempre asfixia a las víctimas hasta que están a punto de desmayarse. Voy a enseñarte a desbloquear el agarre y después lo replicas.

Asiento con la cabeza, siguiéndole mientras se seca el sudor de la frente. Es bueno que no sea tan hábil como Logan a la hora de hacer perfiles. Se daría cuenta de que yo no estoy sudando, lo que quiere decir que estoy en mejor forma física que él. El sudor no es algo que se pueda fingir.

Se pone de pie junto a la pared y me hace un gesto para que me acerque.

—Ponme las manos en la garganta.

Hago lo que me dice, superponiendo los pulgares para ahogarle con las manos. Es una forma terriblemente ineficaz de estrangular a alguien. Con un trozo de cable se hace mucho mejor.

Me sonríe mientras yo le aprieto con más fuerza, y él mete los brazos entre los míos y los abre en un parpadeo. Me hace girar y yo le dejo, luchando con todas mis fuerzas contra mis reflejos cuando me empuja contra la pared. Me rodea el cuello con las manos y arquea una ceja mientras aprieta lo justo para cabrearme.

—Repite lo que acabo de hacer. ¿De acuerdo? —me pide, apretando un pelín más.

Finjo imitarlo, actuando como si me costara replicar sus movimientos de antes, cuando oigo que la puerta se cierra y algo cae al suelo.

—¿Qué cojones es esto? —Sonrío al oír la voz de Logan, pero, cuando intento moverme, Duke me mantiene sujeta agarrándome más fuerte del cuello.

—Necesita estar preparada —dice Duke, que me estruja todavía más.

Cuando empieza a costarme respirar de verdad, mi mente apaga el pequeño interruptor que mantenía mis reflejos bajo control y meto la mano por el estúpido hueco que ha dejado entre nuestros cuerpos.

Un grito de dolor sale de su boca cuando el talón de mi mano impacta contra el tejido blando de su garganta y cae hacia atrás, ahogándose mientras recupero los sentidos.

Ay, mierda.

Logan sonríe satisfecho y luego se repone, ocultando su reacción mientras Duke jadea en busca de aire. Creo que no le he golpeado con tanta fuerza como para romperle la tráquea.

Eso espero.

—Perdón —digo, haciéndome la arrepentida—. He entrado en pánico.

Duke tose y luego un fuerte sonido de inhalación retumba en mis oídos mientras se levanta lentamente. Menos mal que respira.

Se frota la garganta, con las mejillas encendidas por el rubor.

—Buen instinto —dice, tragando con dificultad—. Haz eso mismo si viene a por ti.

Plemmons no dejaría un hueco tan grande entre nuestros cuerpos. Es un profesional en el arte de la asfixia. Al contrario que el detective Duke. Si vas a ahogar a alguien cara a cara, tienes que pegar el cuerpo por completo al del otro.

Aunque obviamente no verbalizo esto en alto. Ninguna chica buena, cuerda y sin una pizca de tendencia a los apuñalamientos lo sabría.

Me dirijo hacia Logan preguntándome si sospecha algo, pero parece que le divierte más que otra cosa cuando me acerca a su cuerpo y me rodea con el brazo por la cintura de forma posesiva.

—Tú debes de ser el agente especial Bennett —oigo que dice Duke cerca de mi espalda, pero no me doy la vuelta porque Logan me mantiene pegada a él.

Con un brazo todavía rodeándome la cintura, Logan le tiende la mano libre, y yo miro por encima del hombro cuando Duke se la estrecha.

La mano de Logan baja hasta mi trasero enfundado en licra y se queda ahí, como si quisiera dejar las cosas claras. Está muy mono cuando se pone celoso.

—No sabía que el departamento de homicidios pudiera prescindir de alguien para que cuidara de mi chica —dice Logan, aunque noto el tono que intenta ocultar.

Una sonrisa lenta y calculada se dibuja en los labios de Duke.

—Nos tomamos muy en serio la posible amenaza, agente especial Bennett.

—No me cabe duda de que sería un sueño hecho realidad conseguir un arresto de este calibre, sobre todo en un ámbito que siempre está eclipsado por el FBI, teniendo en cuenta lo cerca que estamos.

Logan le está provocando. Duke es un arrogante. Y me preocupa que en mi salón termine librándose una pelea de espadas. Y no de las de verdad.

—¿Te refieres a arrestar a un hombre que tú mismo trajiste a Washington? ¿Un hombre que está matando a los residentes de clase alta porque el FBI cometió un error y lo dejó escapar, incluso después de haberlo identificado?

Logan aprieta la mandíbula, y yo maldigo internamente al detective tocapelotas.

—Logan, estoy segura de que estás agotado. Preferiría no desperdiciar el poco tiempo que tenemos juntos en una pelea para ver quién mea más lejos.

Duke bufa y yo me giro para lanzarle una mirada asesina.

—Tú te callas.

Él sonríe y camina por el pasillo hacia la habitación de invitados.

—Sácalo de mi casa y se acabó el problema —le digo a Logan, pero él niega con la cabeza y se pasa una mano por el pelo.

—Le he pedido a Donny que lo investigue a fondo, pero, si está tan limpio y condecorado como sugiere su expediente, entonces es la mejor opción para mantenerte a salvo.

Yo soy la mejor opción para mantenerme a salvo. Aunque me parece adorable que crea que Duke está más capacitado que yo.

Empiezo a tirarle del brazo para llevarlo a mi habitación.

—Se te ve agotado. Deja de preocuparte por mí y duerme un poco.

Le pesan los párpados y se lo ve cansado. El sol se puso hace unas horas, pero es probable que no haya dormido nada desde ayer.

Me sigue sin rechistar, y noto que está a punto de quedarse dormido cuando cae encima de la cama, completamente vestido. Con una sonrisa, empiezo a deshacer el nudo de su corbata y él me la devuelve mientras lo hago.

—No te hagas ilusiones —digo, tirando de la tela negra para luego arrojarla al suelo—. Primero dormir. Y después lo otro.

—Solo si duermes conmigo.

Lo ayudo a quitarse la chaqueta, los zapatos, la camisa, los calcetines y los pantalones hasta dejarlo solo en calzoncillos. Me siento muy tentada de recorrer con la boca todas las líneas de sus músculos, pero me contengo. El agotamiento que se refleja en sus ojos frena el resto de mis impulsos.

Con una camiseta de tirantes y unos pantalones cortos, me acurruco junto a él, que me abraza y me mantiene cerca.

—Ponte pantalones mientras esté por aquí este tío. Se acabó llevar esto —murmura contra mi frente mientras me aprieta el culo por encima de la licra.

Pongo los ojos en blanco, sonriendo como una idiota.

—Eres un auténtico cavernícola.

—Normalmente no lo soy —dice con un bostezo.

Ni siquiera es consciente de que decir cosas así me provoca sensaciones extrañas en el alma y me devuelve las piezas perdidas que creía que nunca recuperaría. Cada día que pasa me siento más humana. Menos como un monstruo desalmado sediento de sangre.

No es que quiera dejar de matar; solo deseo sentirme más como la chica desenfadada y risueña que era antes de que me lo arrebataran todo. Antes de que me destrozaran.

—Deberías instalarte en un hotel con más seguridad —dice, medio dormido, a medida que su cuerpo se va relajando.

—Aquí estoy bien. Tienes que dejar de preocuparte por mí.

Le paso los dedos por el pelo, y gime cuando se inclina hacia el contacto, acomodándose aún más mientras lucha contra el sueño.

—Hadley me ha dicho que estás forrada. Puedes permitirte quedarte en un lugar con más seguridad de la que ninguna fuerza del estado puede ofrecerte. Solo quiero que estés a salvo, Lana. Nunca me perdonaría a mí mismo si te pasara algo.

Se me tensa todo el cuerpo.

—¿Hadley? ¿Qué más te ha dicho?

—¿Mm? —Tiene los ojos cerrados, y ahora mismo odio estar molestándole—. Me comentó que estabas forrada y yo le dije que dejara de fisgonear.

Está claro que no le hizo caso.

—¿Estabais…, eh…, liados también?

Suelta una risa perezosa mientras me abraza con fuerza. Mantiene los ojos cerrados cuando responde.

—Vaya dos, ¿no? —dice con voz suave y adormilada—. ¿Cuándo empezaremos a confiar el uno en el otro?

Confiar…

Sí, bueno, ese es un tema para otro momento.

Ahora no es una cuestión de confianza. Hablo de una pirada que se presentó con más información de la que debería haber podido recopilar. Tendría que haber previsto que acabaría haciéndome esas preguntas, pero pensé que, pasadas las primeras semanas, ya no habría problema.

No me la vi venir.

Odio las sorpresas.

—¿Y bien? —pregunto.

Él sonríe, todavía con los ojos cerrados.

—Es como una hermana pequeña para mí. Me hice cargo de ella cuando empezó en nuestro departamento. Hadley no sale con nadie, y, cuando lo hace, no es con hombres.

¿Le van las mujeres? ¿Solo las mujeres?

Una sensación de calma se apodera de mí. Me está haciendo quedar en ridículo. Tengo una lista de personas a las que me quiero cargar tan larga que podría llevarme al corredor de la muerte, dado que algunos estados aún mantienen la pena capital. Estoy inmersa constantemente en un juego de vida o muerte.

Se acurruca más cerca, complacido solo con abrazarme. Sigo acariciándole el pelo con los dedos de forma instintiva, y él gime mientras se va quedando dormido poco a poco. Cuando empieza a respirar de forma regular, me doy cuenta de que está profundamente dormido.

No dejo de tocarle el pelo. Algo dentro de mí parece fusionarse y mi corazón late a un ritmo más constante de lo que lo ha hecho en mucho tiempo.

Sigue abrazándome y, por primera vez en diez años, me siento segura. Me siento apreciada.

Siento algo más que vacío.

Ni siquiera me doy cuenta de cuánto tiempo ha transcurrido hasta que suena la alarma de su móvil. Miro rápidamente hacia la cómoda y veo que es casi medianoche.

Él me suelta con un gruñido, y un escalofrío recorre cada lugar que ha abandonado su contacto. Apaga la alarma, se da la vuelta, me envuelve de nuevo entre sus brazos y me besa en el cuello.

—Seguro que no tenías esto en mente cuando decidiste salir conmigo —dice con la voz sexi y ronca por el sueño.

—Me avisaste de que tenías un horario de locos. No me importa.

—Me refería a toda la locura añadida —dice, deslizando más arriba los labios y mordisqueándome la oreja lo suficiente como para provocarme un pequeño escalofrío.

Empieza a bajarme los pantalones cortos con la mano y yo levanto las caderas, ansiosa por darle acceso.

Entonces suena el puñetero teléfono.

Él maldice.

Yo digo algo por lo bajo.

—¿Va todo bien ahí dentro? —pregunta Duke desde fuera de la puerta de mi habitación, recordándome que está en casa.

Una asesina en serie compartiendo casa con un detective de homicidios y un agente del FBI.

No se me puede complicar más la vida.

Solo espero que Logan tarde mucho en encontrar a Tyler y a Lawrence, porque eso supondrá tenerlo para mí un poco más. Trabaja demasiado, y noto que está exhausto.

Es triste que yo ahora quiera esconder los cadáveres solo para que mi novio se tome un descanso y pueda pasar más tiempo conmigo.

¿Hasta qué punto puede llegar a trastornarse una persona?

—Todo bien —grita Logan, mirando con ira hacia la puerta.

Agarra el teléfono, responde solo con su apellido, y yo me siento para besarle el hombro mientras habla.

—No, estoy en casa de Lana, ¿por qué?

Se pone tenso y yo retiro los labios de su hombro. Cuando exhala con fuerza, le acaricio la espalda con la mano.

—Sí. Ven a buscarme. Pilla de paso. Me daré una ducha y comeré algo antes de que llegues.

Cuelga antes de volverse hacia mí y apenas rozar mis labios con los suyos.

—¿Te importa si me doy una ducha?

Pongo los ojos en blanco.

—No tienes ni que preguntar.

—Te pediría que te ducharas conmigo, pero tenemos otro cadáver. Necesito estar listo antes de que llegue Craig.

Hago un gesto señalando el baño y él gruñe mientras se pone de pie.

Lo sigo y me subo en el lavabo, admirando las vistas mientras se quita los calzoncillos y se mete en la ducha para luego encender el grifo. Me recorre un escalofrío. El agua tiene que estar fría.

Él ni se inmuta.

—Siento que te estoy jodiendo todo lo bueno y que pasamos directamente a los peores escenarios posibles —dice, por encima del ruido de la ducha.

—Ahora mismo no me está jodiendo nadie. ¿Ha dejado algún mensaje más?

Él refunfuña y yo lo observo mientras echa la cabeza hacia atrás y se pasa las manos por el pelo para mojárselo. Creo que a partir de ahora debería mirar cómo se ducha. Esto es muy excitante. Quiero grabarlo en vídeo para poder seguir babeando más tarde…, después de comprar un vibrador nuevo.

—Solo ha grabado el nombre con que lo han bautizado los medios y las palabras «No puedes». Dos cadáveres en dos días es una decadencia bestial. Se está envalentonando demasiado.

Me he cargado a dos en un solo día, pero no creo que sea el momento de presumir de mi increíble eficiencia.

—¿Cómo elige a sus víctimas?

No deberíamos estar hablando de un caso abierto. Va contra las normas. Pero este en concreto me preocupa de verdad, teniendo en cuenta que probablemente yo sea uno de sus objetivos. Tal vez eso lo convierta en… ¿pasable?

—Elige mayormente a mujeres morenas que rondan los veinticinco años. Todas eran víctimas de bajo riesgo, pero no exhibió a ninguna hasta que llegó aquí. La última fue encontrada atada al techo de su propio coche, que dejó aparcado en medio de la calle. Eso es todo lo que sé hasta ahora.

Le doy una vuelta a eso antes de responder.

—Está disfrutando del subidón. Se siente casi invencible porque está convencido de que no lo van a capturar. Probablemente eso le excite más que la tortura de ver a alguien temblando de miedo. También ha aprobado su nombre mediático y ha adoptado esa personalidad. Todos tememos al hombre del saco cuando somos niños. Ahora está reavivando ese miedo en los adultos.

Deja escapar un suspiro de conformidad y yo trato de pensar en qué decirle.

—¿«No puedes»? Qué mensaje más raro.

—Ya. Estoy seguro de que es una burla. Tal vez lo interrumpieron antes de que pudiera terminarlo.

Es posible…

Cuando nos quedamos en silencio, pienso en algo más que decir, solo para que parezca que pregunto por algo más que por el asesino.

—¿Te molesta que no te haya contado que era rica?

—No —responde de inmediato—. Me gusta que seas humilde. Mi padrastro siempre decía que el humilde rechaza aquello de lo que presume el soberbio.

Me gusta.

—Y, para que conste, sé que tu pasado es un tema delicado, así que tampoco quiero presionarte para que me cuentes nada al respecto. Me basta con conocer cómo eres ahora —añade, y consigue hacerme sonreír y estremecerme al mismo tiempo.

Está recuperando partes de mí que creía muertas, resucitando mi alma de entre las cenizas. Pero todas las sombras que acechan en mi interior, ocultando al monstruo que llevo dentro… Esas son partes que no puede ver nunca.

Cierra el grifo de la ducha, sale con la misma rapidez y luego agarra una toalla del estante. Mentiría si dijera que no me distrae la forma en la que el agua parece seguir todas las líneas de sus abdominales hasta la toalla mientras oculta mi sitio preferido con la mullida tela.

Se me escapa un suspiro novelero y Logan me sonríe con una ceja arqueada. Ni siquiera me avergüenzo de estar comiéndomelo con los ojos.

Da gusto *desear* a alguien con tantas ganas. No pienso darlo por sentado ni sentir vergüenza.

Saca un cepillo de dientes de su bolsa (¿cómo ha llegado esto aquí?) y se acerca a mi lado para empezar a lavarse los dientes.

Parecemos una pareja normal un domingo por la mañana…, no una asesina y un héroe.

En cuanto termina de cepillarse, me separa las piernas y se coloca entre ellas. No me quejo en absoluto cuando me besa y noto el sabor a menta fresca.

Enredo los dedos en su pelo y lo acerco a mí para saborearlo mientras pueda. No hay forma de saber cuándo volverá.

Él se ríe cuando intenta interrumpir el beso y yo lo vuelvo a atraer hacia mí. Por desgracia, su teléfono vuelve a sonar y me veo obligada a soltarlo.

Esta vez es un mensaje de texto, que empieza a leer. Lo guarda, con el rostro impasible mientras me mira.

—Te llevaré a otra cita pronto. Y a otra. Y a otra más. Haré que todo esto merezca la pena. Y volveré mañana también. Y al día siguiente. Y al otro. No es mucho, pero ahora mismo…

—Deja de actuar como si no fueras suficiente —le digo, y vuelvo a besarlo.

Quiero decirle que es demasiado bueno para mí.

Quiero rogarle que salve mi alma de la perdición.

Quiero pedirle a quien sea que esté ahí arriba que me arranque este dolor que me consume…

Que deje que el karma intervenga y se encargue del resto.

Pero yo seré la única que se encargue de hacer justicia.

—*Grita para mí, pequeña Victoria. Grita fuerte.*

—*Siempre supe que eras una zorrita.*

—*¡Sujetadla!* —*dice Kyle entre risas mientras yo me resisto en vano y contengo el sollozo que tengo en la punta de la lengua, negándome a dejar que vean cómo me derrumbo.*

—*¡Dejadla en paz!* —*grita Marcus a mi espalda, y el corazón se me encoge cuando un dolor insoportable atraviesa mi cuerpo.*

—*Abre los ojos, encanto. No querrás perderte esto.*

—*Hazlo, Marcus. O nos encargaremos de que no vuelvas a hacerlo jamás.*

Horas y horas y horas de burlas. Llevo grabada en mi memoria la noche en la que debería haber muerto. Sus pecados mancharon mi alma de tanta oscuridad que necesito sus muertes para purificarme.

Para sentirme completa de nuevo.

Necesito reemplazar sus provocaciones y sus risas malvadas con los sonidos de sus gritos.

Duermo mejor con cada nuevo alarido que cosecho. Los gritos anulan el olor de sus alientos, los golpes de sus manos y sus dedos sucios y repugnantes.

No volverán a hacerle daño a nadie. Incluso si vuelven de entre los muertos, no tendrán sus herramientas de tortura.

El resto se unirá a ellos pronto.

No puedo detenerme ahora.

Ni siquiera por Logan.

Capítulo 6
LOGAN

> El hombre superior es modesto en su
> discurso, pero sobresale en sus acciones.
> —Confucio

—Está todo muy tranquilo desde el último asesinato, de hace dos días —dice Craig, informando de lo evidente.

Asiento, con la cabeza a mil por hora.

He mantenido mi promesa de volver a ver a Lana, aunque paso todo el tiempo durmiendo. Ella se queda acurrucada a mi lado, acariciándome el pelo con los dedos, como si no tuviera nada mejor que hacer.

—Es listo. Ahora hay mayor presencia policial —digo entre dientes.

Nunca me había implicado de un modo tan personal en un caso.

—¿Qué se supone que significa «No puedes»? —pregunta, pensativo, mientras estudia el primer plano del grabado en el cadáver.

—No lo sé. ¿«No puedes frenarme»? Creo que lo interrumpieron.

—Entonces quizá hubiera un testigo. Tengo la conferencia de prensa en tres horas. Veré si así consigo que alguien declare.

Asiento distraídamente mientras me paso el dedo por los labios. El director ha puesto en pausa el resto de los casos. Ahora mismo este es nuestra prioridad, y debemos tratarlo como si fuera el único sobre la mesa.

—Los forenses han analizado las fibras que hallaron en el cuerpo de la última víctima —dice Hadley, y tira un expediente sobre mi escritorio—. Lo he revisado, y esa cosa solo se puede encontrar en una antigua fábrica que cerró hace cuatro años. Es un refugio habitual para indigentes. Podría estar mezclado entre ellos. Se encuentra a dos horas de aquí. Te envío la dirección al móvil.

Me levanto de la silla y agarro mi pistola a toda prisa, y Donny corre para alcanzarme mientras salgo por la puerta. Hadley se queda atrás, pero Lisa y Elise se unen a nosotros cuando cruzamos las puertas, prácticamente corriendo.

Donny pide refuerzos y yo saco el móvil para ver la dirección que me ha enviado Hadley.

Necesitaría un vehículo para moverse desde allí hasta aquí, así que la llamo.

—¿Qué pasa?

—Alan y tú empezad a investigar todos los robos de coches desde aquí hasta allí. Cuenta con un vehículo. Dudo que vaya a coger el autobús después de haberse bañado en sangre.

—Me pongo con eso.

Cuelga la llamada y yo me guardo el teléfono en el bolsillo, acelerando el paso. Más nos vale pillar a ese hijo de puta.

Lisa y Elise se adelantan con su SUV y yo las sigo con Donny a mi lado, ambos con las luces encendidas.

—Mierda —mascullo, y tomo la salida hacia una gasolinera cuando se me enciende el piloto del combustible.

Llamo a Elise mientras Donny sale corriendo para echar un poco de gasolina en el depósito.

—Vais a llegar antes que nosotros, pero no entréis hasta que estemos allí. ¿Entendido? —digo en cuanto Elise responde.

—Entendido. De todas formas, tenemos que esperar a que llegue la policía local para que nos cubran.

Cuelgo y doy golpecitos con los dedos en el volante con impaciencia mientras espero a

Donny. Decido que tengo que hacer algo y le envío un mensaje a Lana.

YO: ¿Cómo estás?

LANA: Aburrida como una ostra, pero bien. Jugando a las cartas con Duke y quedándome con todo su dinero. ¿Va todo bien?

¿He dicho ya lo muchísimo que detesto que Duke esté a solas con ella en su casa? Si no necesitara protección, le daría una paliza por verla más que yo.

YO: Estaré bien cuando este tipo esté esposado.

No menciono la orden de disparar a matar.

LANA: Deja de preocuparte por mí. Te prometo que estaré bien. No lo sabes, pero soy una superviviente. <3

Hay muchas cosas que no sé de ella. Pero el pasado no define a una persona, y es lo único que mantiene en secreto. Confío en que lo comparta cuando esté lista.

Donny se sube al coche y yo me guardo el móvil en el bolsillo antes de volver a arrancar y salir chirriando del aparcamiento.

Donny se encarga de organizar al equipo SWAT y les indica que se replieguen hasta que lleguemos al lugar.

Estamos a unos treinta kilómetros de nuestro destino cuando piso el freno de golpe, con un nudo en el estómago al ver un SUV tirado a un lado de la carretera, por lo demás desierta. La parte trasera está destrozada y tiene los cristales rotos.

El coche está volcado de lado y Donny maldice antes de salir disparado por la puerta del copiloto y correr hacia Elise y Lisa, que podrían seguir dentro.

Yo también me bajo del coche mientras saco el móvil y llamo a una ambulancia. Maldigo por la poca batería que me queda, así que les doy rápidamente nuestra ubicación y les pido que se den prisa. Guardo el móvil, que está a punto de apagarse, me muevo hacia la parte delantera e intento ver a través de la ventanilla.

Desde este ángulo, puedo ver que sufrieron un choque lateral desde la carretera que conecta con esta. Elise y Lisa están inconscientes, y a la primera le sangra la frente. Su lado recibió el impacto más fuerte, pero desde aquí no puedo saber el alcance de las lesiones que ha sufrido.

—¡Logan! —grita Donny.

Doy la vuelta corriendo y veo la puerta de Lisa pegada al suelo mientras Donny rompe el cristal delantero, intentando retirarlo ahora que tiene algo con lo que hacer palanca. Con la barra de hierro, levanta la parte superior y yo me quito la chaqueta y me la envuelvo alrededor de las manos para ayudarle a despegar el parabrisas por completo.

Lisa respira con dificultad y abre los ojos aturdida. Lanza un grito y sube el brazo derecho, el que está más cerca de la puerta.

Abro los ojos con incredulidad al ver la sangre que brota de los cortes superficiales.

—Ha sido él —dice, respirando con expresión dolorida—. Ha sido él. Ha sido él.

Se le acelera la respiración por el pánico y Donny intenta calmarla mientras yo me fijo en Elise.

—¡Elise! —No responde, pero termina gimiendo.

Me invade una gran sensación de alivio al saber que sigue viva.

—Lo ha hecho él —dice Lisa, todavía presa del pánico, mientras se señala el brazo ensangrentado—. Nos desarmó. Pensó que nos las había quitado todas. Tenía… tenía una pistola. Nos golpeó… y luego nos apuntó con ella.

Estábamos… aún de pie cuando se acercó a mi lado y nos dijo que mantuviéramos las manos donde pudiera verlas.

Grita al intentar desabrocharse el cinturón.

—Entonces… entonces rompió mi ventana y usó el cristal… Usó el cristal para escribir esto —dice, llorando desconsolada mientras vuelve a levantar el brazo.

»Iba a matarnos, pero cogí mi arma de repuesto cuando me soltó el brazo para agarrar su pistola. Le disparé. Disparé dos veces. Lo rocé. Pero… ese desgraciado. Llevaba a alguien consigo. Una chica. Tenía a una chica. Sabía que íbamos a por él. Pero grabó esto.

Sus frases son inconexas y apenas tienen sentido.

Lo único que veo en su brazo son manchas de sangre, pero las limpia con su camisa y vuelve a levantarlo. A Donny se le corta la respiración y palidece. En su piel está grabada la palabra «Mantenerla».

—Nos conoce —susurra Donny cuando Lisa vuelve a romper en llanto—. Escogió a Lisa en lugar de a Elise. Ha escogido a tu ex por un motivo.

Habla en voz baja, para no alterar a Lisa, y mi cuerpo se tensa ante esa idea. ¿Por qué «mantenerla»? ¿Por qué esa palabra?

—Está sangrando —dice Lisa con voz entrecortada—. Acerté lo suficiente como para hacerle sangrar. Necesitará puntos cuando menos.

Miro alrededor y descubro un leve reguero de sangre. Pero no el suficiente como para matarlo. ¡Joder!

—La puta camioneta que nos adelantó —digo con los dientes apretados—. Era él. ¡Hasta tocó el puto claxon!

Le doy un puñetazo al coche, y Donny se tensa igual que yo.

—Espero que se mantenga la orden de disparar a matar —gruñe Donny.

—Le han dado un chivatazo. Sabía que íbamos a por él.

—¿La chica es cómplice?

Sacudo la cabeza, y detesto todo lo que se me cruza por ella en estos momentos.

—Nada en su perfil indica que vaya acompañado. Tampoco que tenga relación con la policía. No. Es listo. Incluso calculador. Tenía un plan infalible. Si se escondía en esta ciudad era porque tenía motivos para sentirse seguro. Investiga a la policía local. Averigua si alguno de los agentes que estaban al tanto de esta redada tiene hija o esposa. Luego va puerta por puerta. Averigua si ha desaparecido alguien. No se denunciaría.

Abre los ojos de par en par.

—¿Crees que la tiene de rehén?

—Sí. Y ahora que se ha descubierto su localización, ya no la necesita viva.

Y hemos dejado que nos adelante. Ese hijo de puta enfermo y narcisista nos pitó, se burló de nosotros, sabiendo que íbamos a por él. Y ni siquiera le presté atención.

Se supone que debo estar atento al entorno en todo momento. La implicación personal en este caso me está volviendo loco, nublándome los sentidos y dejándome fuera de combate.

Me va ganando.

Capítulo 7
LOGAN

> La vida y la muerte llegan
> en su momento exacto.
> —Confucio

—Lisa está bien. Sigue un poco conmocionada, pero por lo demás está bien —explica Donny mientras me tiende un café. El equipo al completo está en la sala de espera del hospital en este momento.

Me pone nervioso el dispositivo de seguridad porque alguien de la policía nos ha traicionado.

—A partir de ahora solo habrá agentes sin hijos ni familia en casa de Lana —le digo a Donny, y él asiente—. Solo hemos salido a la calle juntos una vez. Es posible que no sepa que existe. Cuando quedamos, normalmente lo hacemos en su casa, y me habría dado cuenta si me hubieran seguido.

Le doy un sorbo al café mientras él escribe un mensaje, probablemente para transmitir mi petición.

—¿Y Elise? —le pregunto.

—Está recuperándose. Se dislocó el hombro izquierdo y tiene dos fracturas en la pierna izquierda, la que quedó atrapada por el impacto. No está en estado de *shock,* pero sí cabreada de narices.

Él sonríe y yo me río por lo bajo. Elise se lo va a tomar tan a pecho como yo. Aunque, pensándolo bien, ahora estamos todos implicados. Ha ido a por dos de los nuestros y me ha señalado a mí directamente. Nuestra misión, nuestro único objetivo, es acabar con él.

Hadley está escribiendo en su portátil de forma frenética. Hace años que dejó de dedicarse a la tecnología, desde que se convirtió en la mejor en el ámbito de la investigación forense. Pero ahora está desempolvando sus antiguas habilidades para intentar encontrar cualquier grabación de la chica que Plemmons llevaba consigo.

Donny y yo describimos la camioneta: una Ford antigua, destartalada, con suspensión elevada y con un gran protector frontal. Era imposible sospechar que se trataba del vehículo que las embistió porque desde luego no parecía que hubiera sufrido ningún accidente.

—¿Encuentras algo? —le pregunto a Hadley.

Entrecierra los ojos hasta que no son más que rendijas.

—Aún no. Pero pienso dar con este hijo de puta.

—Podría estar en alguna parte dentro del hospital. Querrá ver este espectáculo. O, si tiene conocimientos de informática, puede que haya accedido a la transmisión —le digo.

Ella asiente.

—Estoy en ello. Ya informé a los policías de que podía ocurrir algo así cuando llegamos —explica—. Han estado rastreando los pasillos y demás.

—Es probable que el disparo de Lisa lo cabrease. Las embistió por la parte trasera, las hizo derrapar y volvió a golpearlas. Eso las aturdió lo suficiente como para darle ventaja —dice Leonard mientras toma asiento—. Entonces, después de que Lisa le disparara, se subió a la camioneta, cogió velocidad en la carretera lateral y las arrolló por el lado, probablemente con la intención de matarlas.

—¿Es un sádico sexual que busca un blanco fácil? ¿Solo para cabrearnos? —pregunta Donny, meneando la cabeza.

—Quiere que le prestemos toda nuestra atención. Nos está provocando —digo apretando los dientes.

—Pues está funcionando —gruñe Leonard.

Una mujer asoma la cabeza.

—La señorita Clifton pregunta por ustedes —dice, sin mirar a nadie en concreto.

Donny, Leonard y yo nos levantamos, y Craig aparece corriendo por el pasillo para unirse a nosotros cuando nos encaminamos a la habitación donde se encuentra Elise.

Antes de entrar, mis ojos se posan en una morena que conozco bien y que corre hacia mí con los ojos verdes muy abiertos y aterrorizados. Todo su cuerpo se relaja visiblemente cuando me ve y se lanza a mis brazos.

Agarro a Lana y la estrecho contra mi cuerpo, mientras ella tiembla y se estremece. El detective Duke la sigue de cerca, jadeando con pesadez cuando se inclina hacia delante y apoya las manos en las rodillas.

—¿Te dedicas a correr putas maratones o algo? —pregunta entre respiraciones trabajosas.

Lana no dice nada. Se limita a aferrarse a mí, rodeándome el cuello con fuerza.

—Estaba preocupadísima —dice al fin.

—Informaron de que habían atacado a tu equipo —explica Duke, pasándose la mano por el pelo—. Ha conducido ella. No pude convencerla para que no viniera. No especificaron quién había resultado herido.

La abrazo un instante más. Tres miembros de mi equipo nos miran con las cejas arqueadas hasta que por fin vuelvo a la realidad.

¡Mierda!

La coloco en el suelo y la aparto, ignorando la forma en que palidece.

—¡No puedes estar aquí, joder! —grito, y luego desvío la mirada hacia Duke—. ¿Por qué cojones la has traído?

Él me mira con los ojos entrecerrados.

—¿Acaso no has escuchado la parte en la que te he dicho que iba a venir con o sin mí? La he acompañado para protegerla.

Señalo a Lana y su metro sesenta.

—Pesa cincuenta y cuatro kilos como mucho. Tú pesas por lo menos noventa y tienes formación policial, ¿y aun así no eres capaz de reducirla?

Lana se aparta de mí, sin mediar palabra, pero mis ojos están puestos en Duke, a quien estoy matando con la mirada. Él me la devuelve, igual de furioso.

—No es una prisionera ni una criminal. No es legal retenerla en su maldita casa, pedazo de idiota arrogante.

Donny se coloca entre los dos, preparándose por si las cosas se ponen feas.

—Probablemente ese tipo esté aquí o nos esté observando, ¿y tú vas y la traes? No soy gilipollas. Lo que tú quieres es que la encuentre. Sobre todo ahora. Buscas un nuevo ascenso gracias a un arresto impecable del asesino más mediático del país en este momento.

Da un paso hacia mí, amenazante, y Donny se interpone aún más entre nosotros cuando avanzo yo también.

—Eso me importa una mierda. He venido porque estaba intentando mantenerla a salvo. No tengo autoridad para retener a una civil inocente en su casa, y tú tampoco.

Abro la boca para seguir gritándole cuando Lana interviene en la conversación con calma y con ojos atormentados, fríos y distantes, algo que llevaba tiempo sin ver.

—Me pusiste un dispositivo de seguridad y yo acepté —dice en voz baja. Me trago mis palabras mientras ella continúa—. Me pediste que dejase que un desconocido se quedara en mi casa y yo accedí, aunque no quería. Voy siempre acompañada de alguien cuando salgo. He pausado mis negocios para tu tranquilidad, sin viajar y sin ponerme en riesgo. Me he encerrado en una burbuja, respondiendo a todas tus llamadas y mensajes de inmediato para que no te preocuparas por mí.

Le brillan los ojos, pero sé que no son más que lágrimas de enfado. Y me doy cuenta de que la he cagado pero bien.

CAPÍTULO 8
LANA

> Cuando sientas ira,
> piensa en las consecuencias.
> —CONFUCIO

Cruel. Injusto. Soberbio.

Tres palabras que jamás pensé que usaría para describir al hombre que tengo delante.

Me retiene en casa de forma injusta, sin darme opción a saber que él también está a salvo... No puedo expresar con palabras lo cabreadísima que estoy.

—Ni siquiera te molestas en mandarme un mensaje para decirme que estás bien —continúo, manteniendo un tono uniforme, sin mostrar demasiadas emociones.

Ya no me sacrifico por nadie más.

Él era perfectamente consciente de todo, y aun así no hizo el esfuerzo por mí cuando más falta hacía.

—Lana, entiendo que estés enfadada, pero no puedes estar aquí —dice, suavizando la voz.

—Ya veo —respondo con dureza, dando un paso atrás—. Perdón por preocuparme. No volverá a pasar.

Por muy ridículo e infantil que suene, ahora mismo tengo todo el derecho a estar resentida.

Me doy la vuelta y empiezo a alejarme, pero él me sigue y me sujeta del brazo. Me zafo de él.

—No lo entiendes —me susurra, y mira hacia una cámara—. Podría estar vigilándonos. Ahora mismo no sabemos de lo que es capaz, y su pasado es prácticamente un misterio.

—Me metiste en una burbuja y yo te regalé paz mental. Estabas preocupado por mí. Haría cualquier cosa para tranquilizarte y que no te inquietaras. —Me trago el nudo que tengo en la garganta y me niego a ponerme sentimental, a dejar que mi debilidad o vulnerabilidad salgan a la luz—. Yo también me preocupo, Logan. Duke recibió la llamada de que habían atacado a tu equipo y de que todos estabais en el hospital. No contestabas al teléfono. Ni mandabas mensajes. Ni me respondías a los cientos que te enviaba yo. Puedo soportar muchas cosas, pero no pienso dejar que me impongas tus condiciones y luego te niegues a ofrecerme esa misma paz mental. ¿Y encima eres tú el que se cabrea conmigo? ¿Y me hablas con paternalismo? ¿Quién coño te crees que soy?

Me doy la vuelta para alejarme y él me lo permite porque no puede seguirme. No puede montar una escena.

El Hombre del Saco podría estar observándonos.

Estoy deseando que ese cabrón enfermo venga a por mí.

Necesito apuñalar a alguien.

—Quédate con ella. En cuanto me quede libre, iré —oigo decir a Logan, probablemente a Duke, mientras sigo caminando—. ¡Y que alguien me encuentre un puto cargador!

La primera lágrima cae en cuanto pongo un pie en el ascensor y presiono con fuerza el botón del vestíbulo. Al no conseguir que Logan respondiera a mis innumerables llamadas y mensajes, subí tres tramos de escaleras corriendo, muy preocupada por si estaba herido.

Resulta que solo soy alguien en quien ni se molestó en pensar mientras me volvía loca imaginando los peores escenarios posibles.

Quedarse sin batería no es excusa suficiente. No cuando está todo el equipo aquí y le podía haber pedido el móvil a cualquiera.

Duke se cuela en el ascensor justo antes de que las puertas se cierren y se recuesta contra la pared.

No dice ni una palabra, y yo le tiro las llaves en cuanto estamos en el vestíbulo. Llegamos hasta el coche y conducimos el largo tramo hasta mi casa en silencio. Yo no hablo. La radio está apagada. El único sonido es el de mi Mustang V8 rugiendo por las calles.

Mi móvil se ilumina con un nuevo mensaje de Logan (se ve que ha encontrado un cargador), pero no me molesto en leerlo. Igual que él no se molestó en hacerlo con los míos.

Cuando por fin llegamos, le quito las llaves a Duke, y me dirijo al lado del conductor.

—¿Qué haces? —pregunta.

—Dándote tiempo para que te vayas de mi casa. No quiero estar con nadie ahora mismo. Más os vale a todos salir de mi propiedad antes de que vuelva.

Abre mucho los ojos.

—Mira, Lana, entiendo que estés enfadada ahora mismo. Es un imbécil controlador que acaba de comportarse como un capullo insensible, pero no puedes poner en riesgo tu propia seguridad para castigarlo a él. Deja que nos quedemos y te protejamos.

Mantengo la puerta abierta, con un pie dentro del coche. Duke es un buen tipo, pero no me queda más remedio que pagarlo con él, ya que no hay nadie más cerca en estos momentos.

—No tienes ningún derecho legal a estar aquí. Tal y como tú mismo has dicho. No puedo impedir que merodees por la calle, pero si te quedas dentro de mi propiedad, estarás cometiendo un delito de allanamiento. Vete antes de que vuelva o, por muy irónico que suene, llamaré a la policía.

Él gruñe y maldice, pasándose una mano por el pelo ya despeinado.

—¿Dónde vas?

—Donde me dé la puta gana —digo, y le hago una peineta mientras me subo al coche—. Si Logan tiene algún problema con eso, recuérdale que estamos en un país libre —añado antes de cerrar la puerta.

No le doy tiempo a replicar, arranco y meto primera. Doy un giro brusco en la entrada y siento cómo la parte trasera se balancea cuando salgo disparada. No miro atrás mientras me dirijo al almacén que alquiló Jake en la ciudad. Conduzco con las rodillas mientras apago el teléfono y le quito la batería.

Cuando llego, dejo el coche en el almacén y luego me hago con las llaves del Altima. Tenemos varios vehículos que utilizo cuando voy a cobrar las deudas. Por aquí no hay cámaras, así que nadie me ve hacerlo.

El almacén cuenta con el mejor sistema de seguridad, e incluso si alguien consiguiera entrar, no sabría a quién pertenece. Bueno, a menos que mi precioso Mustang esté aquí dentro cuando lo hagan.

No es probable que eso ocurra, así que no hay por qué preocuparse.

Los coches se desechan una vez que han cumplido su función.

Salgo del almacén, enciendo un teléfono prepago en el coche y llamo a Jake.

—¿Diga?

—Soy yo. ¿Has encontrado algo del Hombre del Saco?

—No. Este tipo me está cabreando —refunfuña—. ¿Cómo está Logan?

—Está vivo y coleando. Y estrenando soltería.

Se queda callado, y yo hago caso omiso a la lágrima que corre por mi mejilla.

—No me puedo creer que vaya a decir esto, ya que me sentiría mucho mejor si no estuvieras saliendo con un agente federal ni viviendo con policías, ¿pero estás segura de que no estás exagerando?

—No se tomó la molestia de avisarme cuando me estaba volviendo loca de preocupación, y eso que yo he hecho todo lo posible por mantenerlo informado de que me encontraba bien y a salvo.

—Me parece… una tontería. ¿Seguro que no estás buscando una excusa para largarte antes de cogerle demasiado cariño?

Ya estoy demasiado enganchada, joder. Yo no lloro.

No he llorado desde el día en que mis lágrimas se secaron.

Sin embargo, mientras conduzco a casa de Jake, dichas lágrimas empiezan a asomar con una fuerza renovada.

—Una tontería es enfadarse porque no llama cuando dice que lo hará. Lo que no es una tontería es estar que trino porque ni siquiera se molestó en decirme que seguía vivo. No puedo hacerlo, Jake. No puedo vivir con policías en mi casa. Esas placas… Quiero arrancárselas y tirarlas al váter. Las llevan con orgullo.

—Ellos no son de Delaney Grove, cariño. No los confundas.

—No lo hago. Si hubiera algún tipo de confusión, ya estarían muertos. Es solo que me siento… sucia. No los quiero ahí. No quiero que él vuelva, y no porque me haga sentir así, sino porque ya estoy renunciando a demasiado al seguir sus reglas. Aparte de las dos cámaras, aún no he empezado con la casa de Anthony.

—Ya me he ocupado de eso por ti porque sabía que te iba a ser más difícil colocarlas con un poli siguiéndote para velar por tu seguridad. Y dudo mucho que ayudar a una asesina fuera lo que tenían en mente.

Está intentando quitarle hierro al asunto, pero ahora mismo no estoy de humor para eso.

—Bien, necesito algo en lo que centrarme.

—¿Tienes ganas de apuñalar? —pregunta, todavía intentando animarme.

—Muchas.

—¿Dónde estás?

—Yendo a tu casa. Durante un tiempo, no será fácil planear un asesinato en la mía.

—¿Por qué estás usando un teléfono prepago? ¿Y por qué no escucho tu Mustang?

—Voy con el nuevo Altima que nos hemos agenciado. He tenido un poli en mi casa durante lo que me han parecido años. No me fío de que no vaya a avisar a sus colegas para que pongan una alerta sobre mi coche. Además, el FBI puede encender un móvil si tiene la batería puesta, así que tampoco estoy muy segura de que el GPS no vaya a revelarles mi ubicación.

—¿No estarás paranoica? No pueden hacer algo así a menos que seas una sospechosa.

—Lo dices como si siguieran las normas. Que no se te olvide que la agente Hadley Grace accedió a mis historiales médicos. Bueno, a los de Kennedy.

Deja escapar un largo suspiro.

—Lo retiro. Me alegro mucho de que esta relación se haya terminado, aunque lamento mucho que pierdas lo único que ha conseguido hacerte reír después de diez años.

La bilis me sube por la garganta, pero me la trago mientras aparto de un restregón más lágrimas. No tengo tiempo para llorar ni para regodearme en una ruptura. Fue una estupidez pensar que podía tener una relación.

Sobrevivo para vengar los errores del pasado.

Para una chica como yo, enamorarse es el principio del fin.

—Hablando de la agente Hadley Grace —dice Jake, lo que me saca del ensimismamiento—. He desenterrado los trapos sucios que necesitabas.

—¿Y bien? —pregunto, sin saber si ya tiene alguna importancia.

—Fue reclutada por el FBI a los dieciséis años tras piratear un archivo protegido de su red. Era cumplir pena de cárcel o trabajar para el FBI. Es algo bastante habitual, sobre todo entre los delincuentes menores de edad que se dedican al hackeo. Al parecer, se convirtió en una especie de prodigio de la informática forense y ascendió al equipo de Logan.

—Eso no es ningún trapo sucio —señalo.

—No, pero era hacker a los dieciséis años porque se había fugado de casa. Su padre murió en Irak poco después de que ella naciera. Su madre se volvió a casar con Kenneth Ferguson cuando Hadley tenía unos diez años. La mandaron a terapia unos dos años después de que él apareciera en su vida. Su madre era directora de un importante banco, lo que quiere decir que apenas pasaba tiempo en casa. Y a las tres semanas el terapeuta catalogó a Hadley como una mentirosa patológica.

Reduzco la velocidad, procesando la información, a la espera de que continúe.

—Aseguró que Kenneth la tocaba. Contó que la buscaba en las noches en que su madre estaba trabajando. No encontraron indicios de agresión sexual ni nada en su pasado que apuntara a que fuera un pedófilo.

—¿Y lo era?

—Ella se hacía pis en la cama todas las noches. Yo diría que sí.

—Los mentirosos patológicos se creen sus propias mentiras —le recuerdo.

—A los mentirosos patológicos no los recluta el FBI. Tampoco llegan a experimentar una auténtica mejoría. Jamás la han amonestado. Su expediente está impoluto. Y su padrastro es ahora un trabajador social con acceso ilimitado a niños, Lana. Aceptó un trabajo en ese sector cuando ella se fugó a los trece años. Da la impresión de que necesitaba tener contacto con otras niñas pequeñas.

—¿Y antes de ella?

—Estuvo casado con una mujer en Texas. Una mujer que tenía una hija de diez años. Una hija que se hacía pis en la cama con frecuencia y que sufría pesadillas, según este expediente sellado que acabo de abrir. Nunca se presentaron acusaciones.

Se me hace un nudo en la garganta. A pesar de todas las cosas malas que me han pasado, eso es algo que nunca he tenido que sufrir.

—Sé lo que estás pensando, y la respuesta es ni de coña —dice Jake tras un momento de silencio.

—¿A cuánto está de aquí?

—¡Maldita sea, Lana! Acabo de decirte que no. Tenemos una lista, una muy específica. Seguimos un programa. Primero nos encargamos de todos los enfermos hijos de puta que os hicieron daño a ti y a Marcus. Después nos ocuparemos de aquellos que trataron de forma injusta a tu padre. Y ya está. No somos una especie de ángeles vengadores que pueden ir persiguiendo a todos los degenerados que existen.

—Se trata de un trabajador social que tiene acceso ilimitado a niños… Niños desamparados que son mucho más propensos a guardar su dolor en silencio para no sentirse aún más rechazados. Tú mismo lo has dicho. ¿Puedes quedarte ahí sentado y decirme que te parece bien dejar que continúe con lo que está haciendo? ¿Acaso no eres distinto de los habitantes de aquel pueblo corrupto que sabían lo que nos estaba pasando y no hicieron nada al respecto?

Se queda callado durante tanto tiempo que sé que he conseguido lo que quería.

—No está demasiado lejos. Te mandaré un mensaje con la dirección. Debes cambiar tu *modus operandi*. No pueden relacionarlo con la Muerte Escarlata.

—¿Con quién? —pregunto, divertida.

—Es el nombre que voy a dejar que te pongan los medios de comunicación.

—¿Vas a dejar que los medios de comunicación me pongan un nombre?

—Sí. Como lo oyes. Que no te vean, y luego deja el coche en el sitio de siempre. Le diré a ese tío que lo recoja y yo iré a buscarte, como de costumbre. No cometas ningún error. ¿Llevas contigo el equipo para matar?

—Tengo una navaja en la bota. Con eso bastará. Me limitaré a caminar por las piedras y las aceras para no dejar huellas. Por muchas ganas que tenga de cortarle la polla, me abstendré.

—Si es inocente, no puedes matarlo.

—Tranquilo —le digo a mi amigo, que se preocupa de más—. Siempre acaban confesándome sus pecados.

Capítulo 9
LOGAN

Los cautos rara vez se equivocan.

—Confucio

A pesar de la frustración, intento mantener la cabeza fría y no pensar en Lana, que no ha respondido a mis llamadas desde que se fue del hospital hace cinco horas. Duke tampoco contesta al teléfono.

Lo cual acarreará graves consecuencias.

Mis ojos se posan en el comandante del equipo SWAT, que se encuentra dentro de la sala de interrogatorios. El cristal que nos separa es unidireccional, pero eso él no lo sabe.

Le tiemblan las manos. No para de levantarse y sentarse, como si estuviera nervioso y deseando marcharse.

—Su hija de veinte años lleva cuatro días sin asistir a clase en la universidad —dice Donny, observándolo conmigo—. La compañera de habitación comenta que tuvo que irse a casa por la pérdida de un familiar. Estamos rastreando las llamadas telefónicas para comprobar si Plemmons se comunicó con ella de esa forma. ¿Es posible que mintiera con el pretexto de que alguien había fallecido? La madre parecía realmente ajena a todo, no tenía ni idea de por qué le hacíamos tantas preguntas.

—¿Es morena? —le pregunto, todavía estudiando a Lee Norris mientras se pasea por la sala para luego sentarse y volver a ponerse de pie.

No cabe duda de que está intranquilo.

Es nuestro topo.

—Sí —responde Donny—. Que Plemmons la secuestrara indica un nivel de organización que no encaja con sus antecedentes, o con lo poco que sabemos de ellos. Sentía que estaba jugando con nosotros todo este tiempo, pero, cuando localizamos su ubicación, se tomó como reto personal ir un paso por delante de nosotros.

Asiento, dándole la razón.

—Entro yo. Intenta ponerte en contacto con el detective Duke. ¿Qué dijeron las patrullas?

Él aprieta los labios y yo lo miro con atención.

—¿Qué? —pregunta.

—Comentaron que Lana los echó de su propiedad. No quería contártelo con todo lo que tenemos entre manos. Se marchó en coche y básicamente mandó a todos a la mierda. A ti incluido.

Golpeo la pared con el puño y el yeso se resquebraja alrededor de mis nudillos.

—Nunca te he visto perder la calma como ahora, Logan. Tal vez deberías tomarte…

—*Ni se te ocurra* terminar esa frase —escupo, y me limpio los nudillos ensangrentados en los pantalones, ignorando el escozor—. Aquí todos estamos involucrados. No solo yo. Que entre Leonard también. Norris querrá agredirme a los pocos minutos de empezar.

—¿Estás seguro de que tienes la cabeza para esto?

—No tardará en cantar. Nos culpará de hacer que maten a su hija. Pero puede que nos lleve a capturar a ese enfermo hijo de puta. La cabeza me funciona perfectamente. Busca a Lana. Llámame si la encuentras.

Me doy la vuelta y salgo de la habitación para dirigirme a la sala de interrogatorios, donde Norris se levanta de un salto y me fulmina con la mirada en cuanto pongo un pie dentro.

—¡¿Qué cojones crees que estás haciendo reteniéndome aquí?! ¿Tienes idea de los informes de subcomisión que podría…?

—Erica Norris es tu hija, y lleva sin acudir a clase en la universidad cuatro días debido a un fallecimiento en tu familia. No ha ocurrido tal cosa —le digo, obligándolo a callarse.

Se pone blanco como el papel y se le afloja todo el cuerpo al desplomarse en la silla, incapaz de mantenerse en pie.

—Acabas de hacer que la mate —dice en un susurro áspero. Entonces sus ojos se vuelven letales cuando golpea la mesa con un puño y la furia lo invade con fuerza renovada—. ¡Serás hijo de puta! ¡Acabas de hacer que la mate!

Se abalanza hacia mí, pero Leonard aparece justo a tiempo y lo agarra por el cuello, mientras yo sigo apoyado contra la pared, con el rostro impasible.

—Tú le avisaste de la redada —continúo—. ¿Qué teléfono usaste? ¿Te dio uno él?

—¡Eres un desgraciado! —escupe, ahogando un sollozo mientras Leonard lo contiene—. ¿Sabías que la tenía y aun así me has traído aquí? ¡Eres un asesino despiadado!

Me impulso desde la pared hasta la mesa que nos separa, apoyo las manos en ella y me inclino hacia delante hasta que sus ojos se encuentran con los míos.

—Lo teníamos. Tú le diste el chivatazo. ¿Qué creías que iba a hacer con ella una vez que ya no le sirviera?

Él solloza y se rompe frente a mí.

—Me prometió que no le haría daño si le alertaba de cualquier peligro. Me prometió que me la devolvería. Siempre que mantuviese la boca cerrada… Me lo prometió. ¡Ahora me has traído hasta aquí y ya no hay posibilidad de que eso suceda!

—Tú eres el motivo por el que sigue suelto. Tú eres el motivo de que no lo tengamos bajo custodia en estos momentos —le recuerdo con un tono frío mientras intento no dejarme llevar por los sentimientos que me despierta verlo sufrir como padre.

—¡Ni siquiera estaría aquí si no fuera por ti y tu puto equipo! ¡Dejaste a un asesino suelto en nuestro estado y ahora tiene a mi hija!

—Estaría en Boston —dice Leonard con calma— matando a la esposa, la hija o la hermana de otra persona… Nosotros no creamos al asesino, comandante. Estamos intentando detenerlo. Usted nos ha arrebatado la mejor oportunidad que teníamos. Por fin era nuestro.

Norris estalla, sollozando tan fuerte que es incapaz de expresarse con coherencia. Deja caer la cabeza sobre los brazos y llora en el hueco del codo.

Es posible que su hija siga con vida, aunque poco probable. Tengo que desprenderme de la culpa que intenta abrirse paso en mí. Las víctimas nunca son fáciles de asimilar. Pero en este trabajo, siempre las hay. Si no consigues insensibilizarte ante ellas, no aguantas ni dos meses en el oficio.

Lo que él no sabe es que la mejor oportunidad de que su hija sobreviviera habría sido efectuar una redada en ese almacén. Habría salido corriendo. Habría intentado escapar. Llevársela consigo habría sido demasiado arriesgado en ese momento.

Probablemente aún estaría viva y nosotros lo habríamos detenido.

No se lo digo. Es mejor que nos culpe a nosotros que asumir la responsabilidad de la muerte de su propia hija. Al menos puedo ofrecerle ese mínimo de misericordia.

Se saca sin fuerzas un teléfono del bolsillo y Leonard lo recoge.

—Envió esto —susurra Norris con voz ronca—. Dijo que me dejaría oír su voz dos veces al día.

—No me digas —contesta Leonard.

Norris se seca los ojos y asiente con gesto sombrío.

—Cinco segundos cada vez. Lo justo para que me suplicara que la salvara.

Vuelve a quebrarse y Leonard sale con el teléfono. A estas alturas, Erica Norris está muerta o deseando estarlo. Es posible que lleve cuatro días haciéndolo.

En ocasiones, los sintecho hacen la vista gorda ante lo que ocurre a su alrededor. Es un mecanismo de defensa, nada que ver con una falta de humanidad. Es supervivencia callejera. Han padecido durante tanto tiempo que sufrir más sería excesivo. Pero, con el incentivo adecuado, hablarán cuanto sea necesario.

En este momento, los que viven en ese almacén están contando lo que saben a cambio de dinero en metálico, lo cual es poco ético, pero no ilegal. Sin embargo, la información no es mucha.

Plemmons se apropió de una habitación en la parte trasera y mantuvo a la chica encadenada allí. Cuando se iba, cerraba la puerta con un candado. Otras veces se la llevaba consigo.

En dicha sala se encontró sangre. Posiblemente ya se haya ensañado con ella, incluso cortándola varias veces para conseguir lo que necesitaba, aunque no lo suficiente como para matarla. Se hallaron un par de kits de sutura, lo que significa que probablemente él mismo reparó con métodos rudimentarios el daño que le infligió, solo para evitar que sangrara demasiado.

Durante cuatro días, ha tenido que soportarlo.

Durante cuatro días, probablemente haya rezado por estar muerta.

Durante cuatro días, su padre ha mantenido la boca cerrada y se ha involucrado en un juego peligroso en el que no tenía ningún derecho a participar.

Si hubiera acudido a nosotros de inmediato, Plemmons ya estaría detenido. Su hija estaría en su propia cama en lugar de dondequiera que se encuentre ahora.

Salgo de la sala mientras él sigue sollozando, y le dejo llorar en paz.

—Comprueba si puedes sacarle más información cuando se recupere de este primer sobresalto emocional —le digo a Donny cuando se reúne conmigo en el pasillo—. ¿Sabemos algo de Lana?

Él niega despacio con la cabeza.

—No. Le pedí a Hadley que intentase averiguar algo sobre ella, ya que Alan está ocupado buscando las grabaciones del tipo este.

Voy directo al cubículo de Hadley y la encuentro tecleando frenéticamente. Pero no es a Lana a quien está buscando. Está revisando las mismas imágenes que Alan.

—¿Qué coño es esto? Donny me ha dicho que estabas intentando localizar a Lana.

—Ahora mismo Lana no es mi prioridad, Logan. Hay una chica inocente en manos de un asesino en serie y estoy intentando salvarle la vida.

Me encanta que me haga quedar como un capullo controlador en lugar de como alguien que intenta evitar que otra persona caiga en sus garras.

—Sabemos que será uno de sus objetivos, y más ahora. Si antes no estaba en su punto de mira, desde el incidente del hospital, lo está.

Hadley me ignora y sigue tecleando.

—¡Maldita sea, Hadley!

Se gira y me fulmina con una mirada fría.

—Estoy buscando a la chica que sabemos que está en peligro. Tú ocúpate de tu novia, a la que apenas conoces, por tu cuenta. Es muy probable que no tenga los conocimientos necesarios para hackear el sistema del hospital. Y es aún más improbable que sea tan estúpido como para haber estado allí teniendo en cuenta lo organizado e inteligente que parece ser a juzgar por el aprieto en el que estamos. Déjame en paz.

Vuelve a darse la vuelta y yo dejo escapar un largo suspiro.

—Está bien. Encuentra a Erica Norris. Encuéntralo a él.

—Es la idea. Muchas gracias por tu aprobación —contesta con sarcasmo.

Odio admitirlo, pero tiene razón. No tengo ningún derecho a pedirle que deje de buscar a una chica que sabemos a ciencia cierta que está en peligro para encontrar a mi novia. Estaría a salvo y confinada en casa con protección policial si yo no hubiera perdido los papeles en el hospital. Debí enviarle un mensaje. Se me quedó el móvil sin batería, y no tenía ni idea de que alguien notificaría a Duke lo sucedido.

No quería preocuparla, así que había decidido contárselo más tarde. Cuando pudiera tocarme y saber que estaba bien, cuando pudiera verlo con sus propios ojos. ¿Quién cojones se dedica a avisar a Duke de algo?

—¿Por qué iba alguien de nuestro departamento a informar al detective Duke sobre el ataque? —le pregunto a Craig mientras me acerco a la pizarra, donde no para de mirar las fotos.

Incluso él está tratando de detener a Plemmons antes de que vuelva a atacar.

—Lo mismo me pregunté —dice distraídamente—. Su jefe lo llamó. Está al tanto de los avances del caso, ya que trabajamos en él con la policía local para sumar efectivos. Llamó a Duke por deferencia hacia tu chica, pero dijo que no podía dar ninguna información concreta. —Craig se gira para mirarme—. Sí que la tenía. Simplemente se negó a compartirla, y nuestro equipo no le proporcionó datos a Lana ni desvió las llamadas que ella hizo a ninguno de nosotros. No figura en tu lista de contactos.

Me recorre un escalofrío.

—Sabía que ella iría hasta allí —respondo tajante.

—El jefe nos la está jugando porque quiere este arresto —conviene Craig—. A ese departamento apenas le hacen caso porque está justo al lado del nuestro. Todos los casos gordos que salen de Washington y de las ciudades de alrededor nos los asignan a nosotros. Por eso, aquí es más habitual que en otros sitios que tengamos que esperar a que nos pidan intervenir.

—Así que él se lo cuenta a Lana a través de Duke sabiendo que ella saldría corriendo al hospital.

—Ya le habíamos comentado que teníamos a la policía local custodiando el hospital y pendiente de cualquiera que pudiera parecerse a Plemmons. Compartimos con él nuestra sospecha de que suponíamos que le gustaría observar cómo sufrimos y ver el miedo o el pánico que había provocado.

—Y quería que viera a Lana —agrego con tono cortante.

—Puede que incluso la siguiera hasta casa —dice Craig con la mandíbula apretada—. Hijo de puta. Llamé a la patrulla y me contaron lo que había pasado. Pero voy a enviar también a uno de los nuestros para echar un ojo. Podemos prescindir de alguno, aunque todavía estén bastante verdes.

Al menos una persona entiende que Lana también es un objetivo, y sabemos dónde atacará si se entera de que existe.

Ahora ya no me siento tan paranoico ni tan loco.

—Gracias —le digo.

Él se encoge de hombros.

—En este asunto, lo que viniendo de mí se considerará una actuación racional en tu caso sería interpretado como un abuso de poder. Era lógico que interviniera. Pero lo hago porque analizo el caso como lo estás haciendo tú. Los demás no ven más allá de Erica Norris. —Su expresión se torna sombría—. Lleva muerta desde el día en que se la llevó, aunque su corazón siga latiendo.

Soy consciente de ello, pero no quiero decirlo en alto para evitar que los demás lo escuchen. En el fondo, ellos también lo saben.

—Nuestra única oportunidad de salvarla se esfumó cuando su padre le siguió el juego a ese sádico sexual —añade Craig con un largo suspiro—. No me hace falta ser perfilador para darme cuenta. Nuestra única ventaja es saber que Lana seguramente esté en su lista. Debemos concentrar todos nuestros esfuerzos en ello.

—Pero no podemos —digo, con la frustración brotando dentro de mí.

—Porque quieren que nos centremos en buscar a esta chica —concuerda Craig—. Y Lana está enfadada contigo. Desactivó el GPS del coche poco después de comprarlo. Por desgracia, se dio cuenta. Y o bien se le ha apagado el móvil o le ha quitado la batería para que no podamos localizarla por ese medio. La segunda opción demuestra una gran inteligencia por su parte. ¿Hay algún motivo por el cual tu chica se esforzaría tanto por encubrir su rastro de esa forma?

Incluso yo debo admitir que es extrañamente sospechoso.

—Lana protege extremadamente su privacidad. Tampoco confía tanto en las fuerzas del orden como pensé en un principio.

Él asiente despacio.

—Tiene sentido. Ahora mismo casi nadie confía en el gobierno en general. Si le da tanta importancia a la privacidad y sus derechos, sería lógico. ¿Tiene wifi? Porque tampoco la localizo.

—No es que disponga de mucho tiempo precisamente como para conectarme a su wifi cuando estoy allí, así que no tengo ni idea.

—Bueno, sea como sea, no consigo dar con su paradero. Sarah, de la unidad de delitos económicos, ha estado echándome una mano. Me ha dicho que tu chica sabe cómo evitar que la encuentren. Sarah está muy puesta en este tema de cuando trabajó en delitos sexuales. Cuando una mujer sufre abusos recurrentes, tiende a aislarse y a volverse reservada. Dudo que ese sea el caso de tu chica, ya que se la ve muy segura de sí misma y no parece tener miedo, pero he encontrado muchas similitudes entre su extrema reserva y lo que me contaba Sarah. Siempre es la primera conclusión a la que llega.

Siento un nudo en el estómago. Nada en ella apunta a que sea una víctima, pero pienso en cuando la conocí. Era más distante, se ponía a la defensiva con facilidad, pero no se apartaba cuando la tocaba.

No. Ni hablar. Tengo la cabeza demasiado embotada ahora mismo y no pienso con claridad. No está huyendo de nadie. Si de algo peca precisamente es de ser demasiado valiente y de no comprender la gravedad de la situación.

—Nadie que haya sido agredido físicamente de esa manera rechazaría la ayuda de la policía, sabiendo que es víctima en potencia de un sádico sexual. Quiero que pase a estar bajo custodia. El dispositivo de seguridad ya no es suficiente. Si me apoyas, me harán caso.

—Ya lo he intentado —dice, de nuevo taciturno—. Según el director, no puedes usar recursos del FBI para controlar a tu novia. No lo considera una amenaza tan grave como para que no pueda resolverse con una patrulla adicional. No cree que vaya a ir tras ella, ya que ni siquiera le constaba que mantuvierais una relación.

—Ni que fuera la persona más observadora del mundo —gruño.

—Vamos a centrarnos en lo que tenemos ahora mismo —dice Craig—. Están aumentando las patrullas, aunque poco pueden hacer si tu chica les prohíbe el acceso a su propiedad. Pero después de lo que acaba de ocurrir con el comandante del SWAT, vamos muy justos de personal. A nadie con familiares cercanos se le dará información de antemano. Eso supone un montón de comprobaciones, pero por encima de todo localizarlo…

—Lo entiendo. El director quiere que centremos toda nuestra atención en el ahora, en lugar de un futuro plausible. Es tan inteligente como estúpido. Pero me preocupa no estar siendo imparcial.

Me da un golpecito en el hombro.

—Puede que yo tampoco esté siendo objetivo, pero solo porque eres una de las pocas personas que sabe que soy más guapo que tú.

Suelto una risita y él sonríe antes de marcharse. Tengo que concentrarme. Espero que Lana se haya ido a buscar un hotel seguro y le haya quitado la batería al teléfono porque le sugerí que al sujeto podrían dársele muy bien los ordenadores.

—¿Cómo sabía este tipo el nombre del comandante del SWAT o el de su hija? —pregunto en voz alta sin dirigirme a nadie en particular.

—Porque tiene conocimientos de informática —responde Craig al instante, como si también se le acabara de ocurrir.

—Tenemos que aclararnos las ideas y empezar a pensar como haríamos con cualquier otro caso —me dirijo a los presentes mientras me doy la vuelta—. Ahora mismo se ha apoderado de nuestra mente, nos obliga a pensar con prisa y usa nuestras emociones en contra, especialmente las mías.

—Y también hace que nos enfrentemos entre nosotros —dice Donny al salir—. El comandante oficialmente reniega de aquello por lo que siempre ha trabajado. Puede que Plemmons sea un superdotado que nadie fue capaz de detectar. Sería una razón para ansiar de repente llamar la atención. Solo quien no ha tenido nunca nada puede conformarse con seguir sin tenerlo.

—Pero un hombre que ha saboreado algo que no sabía que quería se esforzará más por probarlo de nuevo —dice Elise, sorprendiéndonos a todos al entrar cojeando con muletas

113

en la habitación, con aspecto maltrecho y agotado y un brazo en cabestrillo.

—Maldita sea —dice Craig entre dientes mientras se apresura a buscar la silla de ruedas de emergencia que está en la esquina.

—Como intentes subirme en esa cosa, el que la va a necesitar vas a ser tú de la paliza que te pienso dar —gruñe, lo que lo deja congelado en el sitio.

Ella desvía la mirada hacia mí.

—Quiero encontrar a este hijo de puta. Estará herido en alguna parte. Se siente demasiado cómodo en esta ciudad. Demasiado cómodo con toda esta situación. No mostró el menor asomo de pánico hasta que Lisa le disparó. Incluso entonces parecía más molesto que asustado. Y si no podemos encontrar nada sobre su pasado es porque ha dado con la manera de borrar su rastro.

—Entonces, pongámonos manos a la obra —le digo, mientras cojea hasta su escritorio.

—Seré la primera en disparar a ese desgraciado cuando llegue el momento —añade en voz baja, lo que me hace esbozar una sonrisa.

Por poco que me guste, tengo que dejar de centrarme en Lana. Hay una remota posibilidad de que Erica Norris sobreviva a esto y mi deber es intentarlo con todas mis fuerzas.

Capítulo 10
LANA

> Los más sabios y los más necios
> son los únicos que nunca cambian.
> —Confucio

Kenneth Ferguson pesa más de lo que esperaba. Estos detalles suelen preverse con mucha
antelación. Este tipo es una auténtica ballena,
y arrastrarlo hasta la orilla del agua resulta difícil, sobre todo porque no me ha quedado más
remedio que caminar por la tierra y ahora tendré que borrar las huellas.

Al menos vive cerca del agua, eso es lo bueno.

Los monstruos pueden adoptar muchas formas.

La de una chica guapa a la que le gusta el
color rojo, por ejemplo. El color de la sangre
que derraman sus víctimas cuando ruegan por
sus vidas.

También la de esas bolas de sebo calvas que van por ahí en calzoncillos y camiseta sin mangas. Sí, es un cliché con patas. Le he visto la raja del culo más de lo que me gustaría recordar.

Me adentro en el agua, arrastrando el cadáver conmigo bajo el manto de la noche. Recuerdo una época en la que le tenía miedo a la oscuridad. Ahora hasta las serpientes me temen.

Acabó confesando. Le exprimí hasta el último pecado y lo admitió todo.

Vale, puede que necesitara que lo contase todo con tanto lujo de detalles que acabé tragándome mi propio vómito, así que lo torturé. Solo un pelín. Se desmoronó con facilidad.

Merecía sufrir más. Merecía agonizar durante días. Pero ahora mismo me es imposible. Ya es suficientemente arriesgado estar haciendo esto.

Me sumerjo en el agua helada y me limpio toda la sangre, haciendo caso omiso de mis músculos cansados cuando protestan por el frío. Empujar a semejante mastodonte cuesta arriba ha sido todo un reto. Por no hablar de esas puñeteras escaleras.

Cuando emerjo, lo veo mecerse sobre el agua. Sale a flote con demasiada facilidad, a pesar de su tamaño.

Cuanta más grasa corporal, más fácil es que floten.

En cuanto la corriente lo arrastra, regreso, recojo la azada cerca de la orilla y empiezo a escarbar mis huellas con ella. Recorro el camino a la inversa mientras sostengo con la boca una linterna pequeña, pero potente, para ver.

Son las dos de la madrugada, pero he tenido que esperar hasta ahora para deshacerme del cadáver. El desgraciado tenía vecinos que podían oírnos, por lo que torturarlo ha sido un verdadero grano en el culo. Por suerte, su casa tenía sótano.

Esas son las malditas escaleras a las que me refería.

También tuve que limpiar dicho sótano con lejía y agua para eliminar la sangre. Por una vez me vi obligada a tomar medidas para dificultar la investigación a los forenses.

Matar es mucho más fácil cuando está en mi lista. Hay que limpiar menos.

A los que están en la lista quiero que los encuentren.

Con Kenneth hay demasiadas pruebas que destruir, así que la gran masa de agua salada se encargará de ello. Por no hablar de que todos los bichitos marinos podrán darle un mordisco antes de que lo encuentren, si es que lo hacen.

Las fotos que encontré en su mesilla de noche relataban la historia antes de que él mismo pudiera hacerlo. En esas imágenes aparecían setenta niños pequeños, la mayoría desnudos. Las polaroids son un invento terrible, y a los pedófilos les encantan ese tipo de fotos.

De entre todas esas imágenes, solo me he llevado una. No sé muy bien por qué lo he hecho. Pero es de Hadley a los once años. Las tenía etiquetadas. También había consignado sus edades.

Por algún motivo sé que no le haría gracia que sus compañeros vieran su cara en el tablón si alguna vez encuentran el cuerpo y se descubren esas fotos. Es fuerte y orgullosa, y muy probablemente crea que en realidad todo lo que pasó está solo en su cabeza.

Le hicieron creer que estaba loca. Su propia madre la convenció de que se lo estaba inventando. Pagó a un profesional para que le ayudara a manejar la situación simplemente porque la mujer no era capaz de aceptar la posibilidad de estar casada con un depravado que abusaba sexualmente de su hija.

Hadley huyó.

Se marchó porque pensaba que era ella la que estaba sucia y que se equivocaba.

Con tanta gente buena en el mundo y ha hecho falta un monstruo para acabar con el sufrimiento de tantos niños inocentes.

No tengo motivos para sentirme en deuda con una chica que quiere acabar conmigo, pero hay algo que me fuerza a sentir que tenemos algo en común. Sin Jake, me habría vuelto majara o me habría suicidado.

Ella nunca tuvo a un Jake.

Tal vez Logan sea lo más parecido a un Jake que tiene, y por eso arremetió contra quien creía que lo estaba engañando.

Yo por Jake mataría a cualquier zorra.

Hadley no se merece estar rota, así que nunca verá esa foto.

Me cambio de ropa en el camino de grava, prestando mucha atención para no dejarme nada. Me recojo bien el pelo y me lo cubro con un gorro de plástico.

No llevo puesto nada especial: artículos de marcas genéricas comprados en cualquier tienda local. Procuro comprar cosas que puedan encontrarse en cualquier parte para no tener nada específico que permita identificarme.

Se me cae el clavo del bolsillo y me agacho para recogerlo. No estoy segura de por qué me estoy llevando un clavo de su casa. No está en mi lista. Tal vez se haya convertido en costumbre. O a lo mejor he acabado adoptando el método de los asesinos en serie de ir coleccionando trofeos.

Me llevo un clavo del lugar en el que mueren.

Su clavo se unirá a los demás, donde se sentirá como en casa junto a otros hijos de puta depravados.

Con mi ropa limpia y seca, que me mantiene calentita, conduzco de vuelta al punto de entrega dando un pequeño rodeo.

A unos treinta y dos kilómetros de distancia, en un coto privado de caza, hay un viejo cobertizo para leña. Abro la puerta y oigo que algo se mueve a toda prisa.

Los ojos asustados de una niña acurrucada en un rincón se encuentran con los míos. Está sucia, asustada y completamente sola.

—He venido para salvarte del monstruo —digo con suavidad dentro del oscuro cobertizo.

Poco a poco deja de temblar y me mira con los ojos abiertos y cargados de esperanza.

—¿Eres un ángel? —me pregunta, con la garganta seca y la voz ronca, como si estuviera deshidratada.

—Comparada con él, lo soy —le digo con honestidad.

Se pone de pie despacio, mirándome con cautela. No debe de tener más de ocho años.

—¿Sabes si hay más personas? —le pregunto; él me prometió que solo la tenía a ella, pero podría haber más.

Niega con la cabeza.

—La otra chica no volvió.

Se me encoge el pecho.

—Vamos. Te llevaré a un sitio donde estarás a salvo.

Ella asiente y, aunque está aterrorizada, viene hacia mí, dispuesta a asumir cualquier cosa terrible que pueda hacerle antes que arriesgarse a que vuelva él y le haga más daño.

Cuando se tropieza, la agarro y ella no se aparta. Qué valiente.

Me deja ayudarla a llegar hasta mi coche y se sube en el asiento del copiloto, con lágrimas ya brotando de sus ojos. Hasta este momento, no albergaba ninguna esperanza.

Corro hacia el lado del conductor, con un plan muy arriesgado en mente. Solo hay un lugar donde puede estar a salvo.

—No tienes familia, ¿verdad?

Ella sacude la cabeza.

—Tengo una amiga, una mujer, que conocí en otra vida. Sería una buena mami. Te cuidaría muy bien.

Se aparta el pelo sucio de los ojos.

—¿En serio? ¿Me protegerá de él?

—Yo te protegeré de él. Te prometo que no volverá jamás. ¿De acuerdo?

Me observa durante un largo rato, con más lágrimas formándose en sus ojos. Ahora la he acojonado. Me cago en la leche.

—Eres un ángel de verdad —dice al fin, y me da un vuelco el corazón.

No digo nada más mientras conduzco a casa de Lindy May. Es la única capaz de ver fantasmas sin inmutarse.

—¿Cómo te llamas? —le pregunto a la niña, que cada vez se relaja más.

—Él me llamaba Cachorrita, pero me llamo Laurel —dice con un bostezo, apoyándose en la ventana.

Agarro el volante con más fuerza, deseando haberle cortado la polla y habérsela cosido a la boca.

La casa de Lindy May aparece ante mis ojos y me lo pienso durante unos minutos. Es una buena mujer. Igual que Diana. Ambas intentaron hacer justicia por mí. Lindy sufrió un terrible desenlace por ello. Tenía cinco años más que yo la noche en que me lo arrebataron todo.

—*¡Voy a llamar al FBI!* —*grita Lindy.*

—*Adelante, zorra. Tampoco es que al FBI le importara una mierda su padre, ¿no?* —*se burla Kyle con una sonrisa en los labios.*

Dev la sujeta, con expresión sombría mientras ella forcejea para llegar hasta mí.

—*A esa perra le enseñaré una lección más tarde* —*dice Kyle en voz baja.*

Dev empieza a apartar a Lindy, prácticamente llevándola en brazos mientras ella grita por mí. Grita por Marcus. Grita pidiendo una ayuda que no llega.

La música suena cada vez más fuerte, los sonidos impregnan el aire sin preocuparse por los gritos que intentan ahogar.

—*En fin, ¿por dónde íbamos?* —*dice Kyle arrastrando las palabras*—. *¿A quién le toca?*

Kyle la silenció. No solo la silenció, la destrozó. Lindy pagó un alto precio por intentar salvarme, pero cada año pone flores en mi tumba. Le habla a la lápida y le dice que lamenta haberme fallado.

Vuelve a ese infierno para hablar con una chica muerta a la que cree haber defraudado.

Ella sí que es un ángel.

El destino ha querido que esté cerca. El destino me dice que a Laurel nunca le faltarán amor y cuidados por parte de Lindy. Y estoy segura de que nadie se llevaría a una niña sintecho de un hogar repleto de amor después de todo lo que ha sufrido.

Aunque dejar a Laurel aquí, sabiendo que esto vinculará a Kenneth con la asesina que soy, es un grave error. Pero no puedo dejar a esta niña en cualquier parte.

Aparco en la entrada e inmediatamente veo un par de ojos asomando por una rendija de la persiana. Después de todos estos años, todavía se pone nerviosa. Probablemente ahora mismo tenga un arma en la mano.

Conozco esa sensación.

Ella sufrió por culpa de un monstruo. Yo sufrí por la de un pueblo repleto de ellos.

Cuando me bajo, la rendija de la persiana desaparece y abro la puerta con cuidado, lo que despierta a Laurel.

—¿Hemos llegado? —pregunta, con la voz todavía rasposa.

Mierda. Tendría que haberle dado agua al menos.

Por eso no puedo cuidar de ella yo misma. Bueno, por eso y porque estoy segura de que no es buena idea que un monstruo críe a una niña.

Lindy la convertirá en una persona cariñosa. Yo, en una asesina que arroja cuchillos.

—Sí —le digo con suavidad, agachándome y estrechando su frágil y ligero cuerpo entre mis brazos.

Me abraza sin dudarlo, otorgándome una confianza que no debería mostrar tan fácilmente después de lo que ha sufrido.

Sobrevivirá.

Lo superará.

Ahora más que nunca estoy segura de ello, porque solo alguien muy fuerte podría soportar el contacto físico después de todo aquello por lo que ha pasado.

Lindy abre la puerta y se asoma mientras llevo a la niña hacia ella.

—¿Quién eres? ¿Qué quieres?

—Soy yo, Lindy. Y he venido para ver si sigues siendo tan buena como recuerdo.

Solo con oír mi voz, se tambalea al cruzar la puerta y abre los ojos con sorpresa. Se agarra al marco para evitar caer al suelo mientras le tiembla el cuerpo.

—Tú estás…

—Lo sé. Lo sé. Estoy muerta —digo, harta de escuchar la misma frase.

—Sí que eres un ángel —dice Laurel con voz débil, recostada en mi pecho.

Los ojos de Lindy se desvían hacia la niña cuando enciende la luz, y pierde todo el color de la cara al ver la ropa rota, la piel sucia y el pelo enmarañado.

—Esta pequeña ha sufrido demasiado. Le he contado que aquí estaría a salvo —le digo a Lindy, mientras observo cómo sus ojos vuelven lentamente a mirar a los míos—. No me dejes por mentirosa.

Nos hace señas para que entremos y le dejo que me quite a Laurel de los brazos. La niña se estremece ligeramente, pero se recupera enseguida. Lindy la lleva rápidamente al sofá, la tumba allí y la cubre con una manta.

Observo cómo los instintos maternales de los que yo carezco se despiertan en mi vieja amiga. Corre hacia la nevera, coge una botella de agua y vuelve a toda velocidad. Laurel prácticamente le arranca la botella de las manos, con tanta sed que se la bebe muy deprisa.

—Despacio. Te va a sentar mal beber tanto —dice Lindy con voz reconfortante, acariciándole la mejilla a Laurel.

Laurel se inclina hacia el cariñoso gesto, sintiéndose cada vez más confiada con Lindy. Me están entrando ganas de llorar al ver a esta niña. Soy demasiado impulsiva. Esto es demasiado arriesgado. Pero se merece una oportunidad de estar a salvo, que la quieran y ser feliz.

—Seguro que tienes hambre.

Laurel asiente con énfasis, y aunque son casi las tres de la madrugada, Lindy corre a la cocina en busca de pan y mantequilla de cacahuete.

—¿Te gustan los sándwiches de mermelada y mantequilla de cacahuete? —pregunta Lindy.

Laurel asiente, sin dejar de beber agua.

Observo con paciencia, un poco asombrada, cómo Lindy prepara un sándwich y coge otra botella de agua.

Mientras le da la comida a la pequeña, Lindy me mira.

—¿Qué le ha pasado?

Antes de que pueda responder, Laurel contesta por mí.

—El ángel me salvó del monstruo. No volverá a hacerme daño. El ángel me protegerá.

Asiento con la cabeza hacia Lindy mientras ella se tapa la boca. Se le llenan los ojos de lágrimas. No necesita saber nada más.

Laurel se zampa el sándwich y yo le hago un gesto a Lindy para que me acompañe a la cocina.

En cuanto entramos, me aseguro de que Laurel no nos haya seguido. Sin apenas levantar la voz, le digo a Lindy:

—Cuando esto llegue a los medios, preséntate en la comisaría. Diles que apareció una niña pequeña en tu puerta, pero que no sabes quién la trajo. El hombre se llamaba Kenneth Ferguson. Siento tener que pedirte esto, pero es la única forma de que encuentren los cadáveres que ha enterrado sin que yo misma les dé la información.

Ella traga saliva con dificultad, como si fuera a vomitar.

—¿Sigue vivo?

Niego con la cabeza despacio.

—Bien —dice en voz baja, mirando a la niña por encima del hombro. Ella se queda mirando y yo permanezco en silencio, observándola, intentando averiguar qué se le pasa por la cabeza.

—Estás aquí de verdad. Viva. Completamente distinta.

—Soy yo.

Ella asiente, con la mirada todavía perdida y sin fijarla en mí.

—Estás encargándote de ellos, ¿verdad? —pregunta en voz baja, y vuelve a mirarme a los ojos.

Asiento una vez.

—He oído rumores y comentarios de que algunos de ellos habían muerto, pero no lo he visto en las noticias. Esperaba que fuera cierto. Deseaba ser yo quien encontrara la fuerza para hacerlo.

Aprieto los labios.

—Tu fuerza viene de otro lugar. De un lugar más puro. ¿La mía? La mía está hueca y llena de oscuridad, Lindy. Me arriesgo mucho al venir aquí.

—Pero necesitabas que esa niña estuviera a salvo —termina la frase—. Y confiaste en mí.

—Perdiste mucho al buscar justicia para mí y para mi hermano.

Le cambia la cara, que se le cubre de frialdad.

—Eso no es culpa tuya. Intenté decírselo a todo el mundo, pero nadie quiso escucharme. Kyle trató de silenciarme. Me… me…

Se le quiebra la voz y mis labios se tensan.

—Lo sé. También le llegará el día, Lindy. Es el que más sufrirá.

Ella asiente, recuperando la fuerza mientras se seca las lágrimas.

—Antonio creyó a Kyle y me dejó. Kyle contó que me había acostado con él. Le dije a mi marido que me había... violado. Creyó a mi violador antes que a mí. Me dejó sin pensárselo dos veces.

Asiento, ya al tanto de la situación. Antonio está en mi lista, pero no lo mataré. Está marcado para cumplir penitencia. Será divertido.

Jake ya ha comenzado el proceso de arruinarlo, empezando por dejarlo en bancarrota. Con un poco de suerte, ese cabrón se suicidará antes de que termine el año, cuando se haya quedado sin hogar, sin un duro y sin futuro.

—A nadie le importó. Nadie quiso escucharme. Nadie quería que le molestaran con algo tan horrible e increíblemente perverso. Prefirieron fingir que nunca ocurrió.

Una sonrisa siniestra se apodera de mis labios.

—Nunca volverán a guardar silencio. Temblarán de miedo cada vez que las luces se apaguen. Ahora serán ellos los que tengan miedo. El pueblo arderá, Lindy. Arderá hasta los cimientos. Confía en mí. Tengo un plan. Y ningún inocente quedará atrapado en medio.

Deja escapar un suspiro tembloroso.

—No me puedo creer que estés viva.

Se seca de nuevo las lágrimas y mira a la niña, que come agradecida, ajena a nuestra conversación.

—Haré lo que necesites.

—Haz que Laurel entienda que no puede contarle a la policía que soy una mujer. Haz que comprenda que no puede decirles nada o de lo contrario no podré detener a otros monstruos.

—No les diré nada —dice Laurel desde el salón, lo que demuestra que está más pendiente de lo que creía. Gira la cabeza, con férrea determinación en los ojos—. Quiero que atrapes a todos los monstruos.

Tal vez se parezca más a mí de lo que pensaba.

Cuando vuelve a girarse y a centrar su atención en el sándwich, Lindy me susurra:

—Yo también quiero que atrapes a todos los monstruos. Tu secreto está a salvo conmigo, Victoria.

Un escalofrío me recorre la columna.

—Ahora soy Lana. A Victoria la mataron esa noche —le digo en voz baja.

Asiente comprensivamente.

—¿Qué pasa con Diana? Ella intentó…

—Lo sé. La amenazaron con su hijo —la interrumpo para que no se preocupe—. Ella va a desempeñar un papel diferente. Tengo todo bajo control. He sido paciente. Lo he estudiado todo detenidamente. Ahora solo espero a que las fichas se coloquen en su sitio, y, mientras ellos juegan al póquer, yo jugaré al dominó.

Ella sonríe, echándose hacia atrás para alcanzarme una botella de agua. Mientras me la tiende, echo un último vistazo a Laurel.

—Es fuerte. Asegúrate de que salga como tú y no como yo —le pido a Lindy, cuyos ojos se apagan un poco.

—Yo soy débil. Dejé de luchar y hui.

—Eres una superviviente. Libraste una guerra tú sola. Eres más fuerte de lo que piensas y eres justo lo que ella necesita. —Suspiro cuando miro sus ojos llorosos. Ojalá pudiera quedarme más tiempo—. Tengo que irme.

Empiezo a darme la vuelta cuando de repente se lanza hacia mí y la abrazo, y siento que ese abrazo despierta muchas emociones dormidas. Es la primera vez que me enfrento a mi pasado con una persona a la que no quiero acuchillar.

Me duele y me cura al mismo tiempo.

Ella me abraza con fuerza y yo le devuelvo el afecto, y no sé cuánto tiempo permanecemos así.

Cuando se separa, le entrego un pedazo de papel. Ella lo estudia, lee las instrucciones y me hace un gesto con la cabeza, como prueba de que está lista para desempeñar su nuevo rol. Justo cuando estoy a punto de irme, Laurel se pone de pie con las piernas temblorosas y se acerca a mí. Me arrodillo al mismo tiempo que ella me echa los brazos al cuello y me pilla desprevenida.

Despacio, con cuidado, le devuelvo el abrazo.

—Mata a todos los monstruos —murmura—. Así no podrán hacerle daño a nadie más.

A Lindy se le corta la respiración y yo frunzo el ceño. Espero que, a la larga, su influencia eclipse la mía.

—Los mataré a todos para que no tengas que hacerlo tú —le respondo entre susurros, aunque es poco probable que decir eso sea lo más acertado.

—Bien.

—¿Quieres darte una ducha? —le pregunta Lindy.

Asiente, con los ojos llenos de lágrimas, como si nunca hubiera deseado nada con tantas ganas.

Lindy vuelve a tragar saliva, tratando de no llorar delante de la pequeña y enternecedora niña.

—Te abriré el grifo y te daré privacidad. Incluso dejaré que cierres la puerta con llave para que te sientas más segura.

Habla por experiencia.

Yo también solía cerrar la puerta del baño.

Te sientes vulnerable cuando estás desnuda y desprevenida bajo la ducha. Sientes que eres un blanco fácil.

—Sé que el ángel no dejará que me hagan daño. No me gustan las puertas cerradas con llave —dice Laurel en voz baja.

Me da un vuelco el corazón y Lindy vuelve a tragar.

—Voy a prepararte la ducha.

Ella se aleja por el pasillo y yo le hago un gesto con la cabeza a Laurel con el que quiero darle a entender que tiene razón: nunca dejaré que le pase nada.

La tenían encerrada. Sus cicatrices son diferentes a las nuestras. Ella estaba secuestrada. Necesita aire igual que nosotras necesitamos la seguridad de estar bajo llave.

Las cicatrices de Lindy no son tan profundas ni dolorosas como las mías. A ella la destrozó un hombre.

Muchos otros se llevaron un pedazo de mí.

Pero el dolor es el mismo. Igual de aterrador. Igual de implacable.

Lindy regresa y veo que deja la puerta del baño abierta, como ha pedido Laurel.

—Sus cicatrices son distintas —digo en voz baja.

—Aprenderé a ser lo que ella necesita. Gracias por confiar en mí para cuidarla. He pasado años sintiéndome inútil, pero, si consigo reconciliarme con lo que me pasó convirtiéndome en alguien necesario para ella…, quizá entonces no tenga la sensación de que todo ha sido en vano.

Conozco bien ese sentimiento.

—¿Qué digo si me preguntan por Delaney Grove? —me consulta en voz baja mientras se oye el ruido de la ducha a lo lejos.

—No digas nada.

Frunce el ceño.

—¿Por qué?

Una sonrisa oscura se dibuja en mis labios.

—Porque aún tengo que matar a muchos. No estoy preparada para que el mundo sepa por qué.

Una expresión fría cruza sus ojos.

—Entonces no seré yo quien se lo diga. Haré cualquier cosa que necesites. Tú asegúrate de que esos hijos de puta no vuelvan a hacerle daño a nadie.

Levanto seis dedos y ella ladea la cabeza, confundida.

—Estos son los que ya no están.

La sorpresa se refleja en sus ojos.

—Entonces tienes una larga lista por delante.

CAPÍTULO 11
LANA

> Nunca entables amistad con un hombre
> que no sea mejor que tú
> —CONFUCIO

Cuando llego al punto de entrega, dejo el coche y las llaves en el aparcamiento, junto con un buen puñado de billetes debajo del asiento. El punto de entrega cambia constantemente, y solo se los avisa cinco minutos antes de irme.

Cojo la bolsa con la ropa mojada y el bolso negro del maletero, que contiene lo mínimo indispensable, como todos los coches del almacén.

Tiro la ropa a un contenedor de basura y empiezo a caminar por la carretera, ignorando a los coches que se detienen para preguntarme si necesito que me lleven. Hasta que aparece una moto; entonces sonrío y pongo los ojos en blanco.

—¿En serio? ¿Cómo has conseguido salir de casa en moto? —me quejo mientras me subo rás y Jake me da un casco.

—Porque no ha sido así —responde, encondose de hombros—. La he pillado del alcén cuando fui a asegurarme de que tu co- no tuviera ningún rastreador ni nada por estilo.

Le rodeo la cintura con los brazos y él me nos golpecitos en la mano.

—¿Acabó confesando?

—Más de lo que crees. No quiero hablar de o ahora mismo. De hecho, no quiero decir- jamás las cosas que me ha contado. Quiero sterrarlas de mi mente para que no me alien- n a elaborar una lista con todos los pedófilos repetir el mismo desenlace con todos ellos. unque hay algo que sí que quiero contarte, ero eso será cuando tenga energía para aguan- r una de tus broncas.

Lanza un suspiro profundo mientras acelera moto y me lleva hasta el almacén.

—Te enviaré el enlace de las cámaras nuevas ara que puedas ver a Anthony cuando tengas n hueco —dice mientras me dirijo a mi co- he.

—Estaré atenta.

Dicho esto, conduzco directamente a c
sin hacer ni caso a los coches patrulla que
al final del camino de entrada.

Por desgracia, no puedo impedir que se q
den en la calle.

En mi casa reina un silencio sepulcral, a
que me resulta apacible en lugar de inquiet:
te, como le pasaría a casi todo el mundo. 1
apresuro a entrar en la ducha y siento el cho:
de agua caliente sobre mi espalda.

Cuando escucho unos pasos, me aparto
chorro y cierro el grifo. Con movimientos
lenciosos, me envuelvo en una toalla y abro
mampara mirando con recelo.

Con el mismo sigilo, abro un cajón y sa‹
la pistola que tengo escondida. ¿Que por q
tengo un arma escondida en el cuarto de bañ‹
¿Acaso no has visto ninguna película de terro
A la chica siempre la apuñalan en la ducha. ‹
corre a esconderse en el baño y echa el pestill‹
aunque después ya no tiene forma de defende›
se del asesino psicópata una vez que este entr.

Yo sé defenderme por mí misma y no pien
so esconderme en el baño, pero un plan d
emergencia nunca viene mal.

Con la toalla agarrada con una mano y l
otra empuñando la pistola, abro la puerta d‹

cuarto de baño con cuidado. Un movimiento me insta a girar la mano bruscamente hacia la derecha, pero otra mano fuerte me sujeta la muñeca y levanto la vista para encontrarme con unos ojos azules que conozco demasiado bien.

Logan arquea una ceja y se me relaja todo el cuerpo al darme cuenta de que no es el Hombre del Saco quien está en mi habitación.

—Así que tienes un arma de verdad —dice como si le sorprendiera.

—¿Qué haces en mi casa? —Sigo empuñando la pistola mientras él me sujeta la muñeca, con el cañón apuntando lejos de él.

—¿Te importa si te quito esto? —Señala el arma y yo la suelto mientras él la coge lentamente, con cautela.

La coloca con delicadeza sobre mi mesita de noche y activa el seguro. Luego se gira para mirarme de nuevo.

—Lo siento mucho. De verdad, Lana. Tienes todo el derecho del mundo a estar enfadada.

Exhalo profundamente mientras él se sienta en mi cama y sujeto la toalla con más fuerza con ambas manos.

Él se mira las manos mientras las frota entre sí, inclinándose hacia delante con los codos apoyados en las rodillas.

—No sabía que estuvieras al tanto del ataque. Pero tienes razón, debería haberte llamado de inmediato. No quería preocuparte, pero debería haber previsto que otra persona podía contártelo antes de que lo hiciera yo. No volverá a suceder.

Ahora que he apuñalado a un hombre hasta matarlo, mi ira ha desaparecido casi por completo, lo que me permite digerir poco a poco lo que dice sin que las emociones me nublen el juicio.

Aunque, siendo sincera, no tengo ni idea de qué responder.

En lugar de hablar, sigo sosteniendo la toalla y lo observo mientras él levanta la vista para mirarme a los ojos.

—No pienso marcharme hasta que arreglemos esto. No pienso marcharme hasta que sepa que estamos bien.

Lo creo.

Ya van dos veces que aparece justo cuando acabo de volver de matar. ¿Qué será de mí el día que llegue demasiado pronto? ¿Qué haré cuando tenga que explicarle la verdadera razón por la que llevo sangre en el pelo o en la ropa? ¿Qué pasa si me descubre?

Al mirarlo a los ojos, recuerdo por qué me cuesta tanto apartarlo de mí. Sin la ira que antes me alejaba de sus brazos, recuerdo lo que se siente.

Parece cansado, siempre lo está. Se ha aflojado la corbata, que cuelga por debajo de los dos botones superiores, que tiene desabrochados. La piel firme y bronceada se deja ver a través de ellos.

Lleva la camisa por fuera y su chaqueta está tirada sobre mi cama, arrugándose mientras hablamos.

—Lo decía en serio, Lana —continúa, y yo vuelvo a fijarme en su rostro. Lleva el pelo rubio revuelto y tiene esos labios firmes y carnosos curvados hacia abajo—. No pienso marcharme hasta que estemos bien y te tenga entre mis brazos, y hasta que dejes que la policía vuelva a protegerte mientras no esté aquí.

Aprieto los labios mientras pienso en las opciones que tengo. Irme de aquí sin él me produce un enorme vacío en el pecho. He estado evitando sentir esta pérdida desde que salí del hospital.

Las lágrimas me abrumaron y me pillaron desprevenida. Si no hubiera habido alguien en quien descargar el impacto de mis emociones descontroladas, ahora mismo estaría llorando desconsoladamente en casa de Jake.

Por el hombre que está en mi habitación.

Un hombre con el poder de destruirme.

Un hombre al que no puedo dejar ir.

—Vale. —Mi mente me grita que lo que estoy haciendo es una estupidez mientras esa única palabra condenatoria sale débilmente de mi boca. Nunca un «vale» había tenido tanto poder.

—¿Vale? —pregunta, mientras las lágrimas empiezan a formarse de nuevo en mis párpados.

Asiento, sin atreverme a hablar por si se me quiebra la voz. Pensaba que ya había dejado atrás esas emociones, pero ahora regresan con más ímpetu.

Se pone de pie de un salto y me quedo sin aliento cuando me agarra por la cintura con más rapidez de la que esperaba. Me atrae hacia sí, empujándome contra su cuerpo antes de levantarme y aferrarse a mí de forma posesiva y desesperada.

Sus labios encuentran los míos mientras le rodeo el cuello con los brazos y desconecto la parte de mi mente que aún me suplica que entre en razón.

Enredo los dedos en su pelo y él me deja caer sobre la cama, provocándome una sacudida al interrumpir bruscamente los besos y las caricias. Levanto la vista y me ruborizo al ver que se me ha abierto la toalla y él me está recorriendo el cuerpo con la mirada cargada de deseo.

Suspiro entre dientes cuando me agarra de las rodillas y me obliga a abrir las piernas.

—He estado haciéndolo todo mal —dice en un susurro reverente, con la mirada fija entre mis piernas mientras se lame los labios—. Me he saltado las partes más importantes, he empezado por la mitad en lugar de por el principio en todos los sentidos.

Antes de que le pregunte qué quiere decir con eso, inclina la cabeza y su cabello rubio me hace cosquillas en las piernas segundos antes de apoderarse de mi clítoris con la boca. Sacudo las caderas, pero él me sujeta con fuerza, agarrándome los muslos para mantenerme en el sitio y colocar la cara justo donde quiere.

Succiona y mueve la lengua al mismo tiempo, aumentando el placer con cada segundo que pasa. Es muy intenso. Es casi demasiado.

Nunca he dejado que nadie me toque así, y él tampoco habría tenido la oportunidad si no me hubiera pillado desprevenida.

Le agarro del pelo con los dedos, quizá tirando demasiado fuerte, pero él se limita a gruñir en señal de aprobación mientras las vibraciones de su voz me acercan aún más a ese poderoso precipicio. Es una sensación maravillosa, increíble, impresionante... y cualquier otra palabra buena que se te ocurra.

Grito cuando algo explosivo estalla en mi interior, pues la fuerza del orgasmo me pilla desprevenida. Estoy prácticamente jadeando cuando continúa succionando, mordiendo y lamiendo en una sincronía perfecta contra mi carne extremadamente sensible.

Por fin se apiada de mí y me suelta, y todo mi cuerpo se estremece cuando comienza a subir besándome la piel húmeda, tirando con fuerza de la toalla que me cubre. La lanza lejos mientras mi cuerpo se deshace bajo sus labios, que siguen recorriéndome entera con besos.

—Al menos se te da bien pedir disculpas —le digo, a pesar de que sigo sin aliento cuando consigo articular las palabras.

Una carcajada se escapa de su boca y acaricia mi piel, con la que sigue jugando, ahora entre el hueco que forman mis pechos a medida que asciende.

Cuando por fin sus labios alcanzan los míos, el beso es apasionado y me olvido de por qué estábamos discutiendo. Acomoda las caderas entre mis piernas mientras me besa con más fuerza, sujetándome debajo de él de una forma que nunca pensé que podría soportar.

Pero con Logan es como si nunca me hubieran herido. Confío en él. Es una locura confiar sin reservas en alguien después del daño irreparable que sufrí en el pasado, pero así es. Confío en él ciegamente, y no me cabe duda de que jamás me lastimaría de forma intencionada.

Lo siento en la manera en que me besa. Lo veo en sus ojos cuando deja el alma al desnudo. Lo saboreo en la forma en que respira. Y percibo su honestidad como un depredador detecta el miedo de su presa.

—¿Sales con alguien más? —me pregunta, interrumpiendo el beso mientras empiezo a quitarle la camisa por la cabeza y le desato la corbata—. No es algo de lo que hayamos hablado, pero creo que he dejado clara mi posición, y tú me has dejado claro que no quieres que esté con ninguna otra persona.

Ni siquiera consideré que esa fuera una posibilidad después de que nos acostáramos.

—Ya sabes que no quiero que estés con nadie más —le digo, sin entender por qué le parece este el mejor momento para sacar el tema.

Él sonríe al tiempo que me muerde los labios, se echa hacia atrás y mete la mano entre nosotros para desabrocharse los pantalones.

—¿Cuánto tiempo hacía que no estabas con nadie antes que conmigo?

—Siete meses —contesto, sin tener que pensar siquiera la respuesta.

Levanta las cejas. Sí, llevo la cuenta de mis relaciones sexuales. Es una especie de manía accidental que una adquiere después de haber soportado una experiencia como la mía y poder volver a disfrutar de la intimidad.

—Bien —dice, a medida que me besa por toda la mejilla—. ¿Tomas anticonceptivos?

Se me encoge el corazón en el pecho y me trago el nudo que se me forma en la garganta.

—No puedo tener hijos —murmuro con voz ronca.

Echa la cabeza hacia atrás y frunce el ceño, confundido. Podría haber mentido. Podría haberlo pasado por alto y haberle prometido que no podía quedarme embarazada.

Pero estoy harta de mentir cuando no es necesario.

—¿Por qué?

En lugar de decirle otra mentira descarada, señalo las cicatrices de mi costado.

—Esa noche perdí mucho —digo en voz baja.

Lo empujo por el pecho y él se levanta lo suficiente como para que pueda darme la vuelta y quedarme de espaldas. Le enseño las cicatrices que tengo a un lado, las más cercanas a la cadera derecha.

—Y un riñón —añado.

Recorre con los dedos la piel cicatrizada, pero por una vez no me pongo tensa. En lugar de sentirlo como si fuera ácido, lo percibo como un bálsamo curativo que me toca por primera vez.

Me roza el hombro con los labios.

—¿Qué más? —susurra con voz suave, pasando las manos por la curvatura de mi trasero, donde hay otra larga cicatriz.

Cierro los ojos.

—Mi cara. Ahora mismo ahí dentro hay más metal que hueso. Me practicaron muchas cirugías muy complejas, en cierto modo experimentales, para recomponer una especie de estructura ósea. El hombre que obró este milagro es, con toda franqueza, un genio. Vive en Rusia, pero vino a Estados Unidos solo para operarme. El dinero puede cambiar el rumbo de la vida de una persona.

Solo una cara. Es solo una cara. Pero podría haber quedado desfigurada. Podría haber parecido un monstruo. Entonces habría sido tan fea por fuera como lo soy por dentro.

Giro la cabeza y lo miro por encima del hombro mientras él me acaricia la cadera con la mano, recorriendo la cicatriz irregular.

—¿De qué es esta?

No tengo que mentir por completo.

—De un cristal. Se me clavó aquella noche, y se me hundió tan profundamente que no pudieron sacarlo enseguida por miedo a que perdiera aún más sangre… Había demasiada. Esa noche las calles se tiñeron de rojo.

Decirle la verdad sin contarle toda la realidad resulta extrañamente terapéutico. Estoy harta de mentir constantemente. Incluso una pequeña verdad hace que esto parezca más real.

Solo que no menciono que Kyle me estrelló ahí un pedazo roto de un espejo. El mismo espejo que rompieron después de usarlo para jugar con mi hermano.

Yo también tengo un espejo para Kyle. Varios espejos. Podrá ver todo lo que hago.

—Lo siento —dice en voz baja, con un tono tan sincero y desgarrador que las lágrimas amenazan con volver a brotar de mis ojos.

—No es tu culpa. No era mi intención estropear el momento, pero tampoco quería mentir.

—No tienes que mentir —dice, y sus palabras me hacen morderme la lengua para no soltar más verdad de la que podría soportar—. Es un milagro que sobrevivieras.

Si él supiera…

—Tuve dos paradas cardíacas. Técnicamente, morí dos veces. Luego, renací. Al menos, así es como me gusta pensar en ello.

Sus ojos se encuentran con los míos y desliza su mano por mi costado mientras se inclina hacia delante. Atrapa mis labios con los suyos y se deja caer sobre mi espalda. Es otra postura en la que nunca pensé que me sentiría cómoda, pero con él resulta natural y sencilla.

El beso es reverente, conmovedor, y en realidad significa más que cualquier cosa que pudiera decirme en este momento. No dejo de besarlo, aunque el ángulo sea incómodo.

Me coge por la cintura y me levanta las caderas lo justo. Gimo en su boca cuando siento cómo me penetra, piel con piel. Se desliza con facilidad, a pesar de lo ajustado que está. Mueve las caderas, entrando y saliendo lentamente, como si tuviera todo el día para follarme.

Y yo se lo permitiría.

Su móvil suena y suena, pero él no se detiene. No despega los labios de los míos y me sujeta las caderas con las manos cuando acelera un poco. Soy yo quien termina interrumpiendo el beso para poder jadear en busca de aire cuando desliza una de las manos para llegar a mi clítoris.

Me mezo contra él cuando acelera el ritmo. Coloca las rodillas debajo de mis caderas, lo que le permite empujar más fuerte y más rápido.

El teléfono no deja de sonar, pero estamos demasiado perdidos el uno en el otro como para frenar. Se tambalea, lo que le hace perder el ritmo, y sé que está a punto. Justo cuando pienso que no voy a seguirlo hasta el precipicio, el orgasmo surge de la nada y empiezo a gritar su nombre antes de poder evitarlo.

Él se mueve contra mí, apretándome con fuerza la cadera con una mano mientras con la otra sigue dominándome, provocando que mi orgasmo se prolongue.

Me derrumbo y por fin su mano se queda inmóvil, atrapada entre mi cuerpo y la cama. Se deja caer sobre mí, temblando tras el orgasmo, mientras desliza los labios por mi hombro.

—Tu móvil —digo, jadeando una vez más.

Puedo subir cinco tramos de escaleras corriendo sin que se me altere la respiración en absoluto, pero el sexo con Logan me deja sudando y sin aliento.

—Que suene. Tengo tres horas libres antes de volver al trabajo.

Vuelve a besarme el hombro y yo sonrío contra la almohada, sintiendo los párpados cada vez más pesados.

—Eres perfecta —dice contra mi mejilla al tiempo que sus labios me besan ahí también.

—Ya me gustaría —digo con suavidad mientras levanto su teléfono de la mesita de noche—. Responde. Podría ser importante, y sé que el único motivo por el que no contestas es por mí. No me voy a enfadar.

Él gruñe, y sigue dentro de mí cuando coge el teléfono.

—Esa no es la única razón por la que no contesto. Nunca contestaré al teléfono si estoy dentro de ti. Ni siquiera yo estoy tan comprometido con el trabajo.

Resoplo, indignada, y luego me río contra la almohada, y siento que él sonríe sobre mi mejilla mientras me besa de nuevo.

Sale de mi interior y yo aprieto los muslos, notando ya el vacío. Y la humedad. Esa humedad que no había sentido desde…

Espero a que me golpee una oleada de náuseas.

Espero a que el pánico me paralice.

Espero a que los recuerdos enterrados resurjan y me roben este momento.

Pero no ocurre.

Otra sonrisa me cubre los labios. Acaba de reparar otra pequeña parte de mí.

Si consiguiera hacerme pensar como una chica normal otra vez, sería la persona perfecta que quiere que sea.

Pero por ahora me conformaré con la ilusión que me ofrece. La saborearé como si no hubiera un mañana.

—¿De qué coño estás hablando? —Le oigo decir mientras sale del baño y recoge los calzoncillos del suelo.

¿En qué momento se ha quedado completamente desnudo? Juro que pierdo todo hilo mental cuando lo tengo pegado a mí.

Me dirijo al cuarto de baño para darle privacidad, ya que está sentado, todavía desnudo, en el borde de la cama. Pero incluso cuando cierro la puerta y empiezo a limpiarme, puedo oírlo.

—Hadley ha estado con el equipo y se ha quedado a dormir en la oficina. Pueden revisar las imágenes de las cámaras de seguridad si hace falta.

Ay, mierda.

—Entonces consigue autorización para que vean las marcas de tiempo del momento en que fue asesinado. Ella ha estado con nosotros. Es imposible que condujera hasta allí y matara a su padrastro.

¿Ya han encontrado a ese gordo desgraciado? Maldita sea. Tendría que haberlo apuñalado todavía más por arruinar este momento.

—No. No. No. No pueden llevarse a uno de los nuestros para interrogarlo. Si quieren hablar con ella, pueden hacerlo en nuestro terreno y siguiendo nuestras normas. No van a manchar su reputación sin motivo alguno. ¿Entendido?

Deja escapar un suspiro brusco y yo me arrimo a la puerta para escuchar.

—¿Qué tipo de fotos? —le oigo preguntar por lo bajo, pero hay un matiz oscuro en su tono—. Voy enseguida.

Definitivamente, tendría que haber apuñalado más veces a ese hijo de puta. Y haberlo lastrado con piedras. Y echar carnada al agua para atraer tiburones o yo qué sé. ¿Hay tiburones en esta zona?

Habrían hecho falta un montón de tiburones para el capullo ese.

Pero es que, madre mía, no tengo tanta fuerza. Ni siquiera yo soy capaz de romper las leyes de la ciencia, y lo único que pude hacer fue arrastrarlo hasta el agua.

—No —le oigo decir—. No les vamos a ayudar a encontrar al que haya hecho esto. ¿Quieren interrogarla? Muy bien. Pero que les den por culo a él y a todos ellos por solicitar nuestra ayuda después de intentar detener a Hadley. Vigílala. No dejes que se acerquen a ella hasta que yo llegue. ¿Entendido?

Abro la puerta y lo veo metiendo las piernas en los pantalones con brusquedad, con el teléfono sujeto entre el hombro y la oreja. El sol hace tiempo que está en lo alto, pero casi ni lo he notado con las cortinas oscuras.

Logan no me ha preguntado dónde he estado toda la noche. O tal vez no sabe que me he ido.

No. No. Los polis de la entrada me vieron llegar. Sin embargo, Logan en ningún momento me ha preguntado dónde estaba.

—Sí, estoy en su casa ahora mismo. Y voy a ir a cargarme a alguien por interrumpirme. Luego volveré y dormiré cinco horas seguidas. Ninguno de nosotros podrá atraparlo si estamos agotados. En cuanto a ese tal Kenneth, me alegro de que esté bien muerto.

Se me dibuja una pequeña sonrisa en los labios. No sé por qué suena como si estuviera aprobando lo que acabo de hacer. Ni por qué siento orgullo.

Me deshago de la sonrisa y alejo esos pensamientos descabellados antes de decir alguna tontería en voz alta. La gente normal no se enorgullece de arrancar una vida de la faz de la tierra, de enviarla al infierno y toda la pesca.

—De bromas, nada. A lo mejor la llevo conmigo, si quiere venir.

Levanta la vista y se encuentra con la mía en el umbral de la puerta.

—Sí —dice, todavía al teléfono—. No me quedaré mucho tiempo. Solo quiero asegurarme de que no intentan inculpar a Hadley. Después me vuelvo.

Se pone de pie y se acerca a mí, ahora completamente vestido. Probablemente tenga mucha experiencia vistiéndose mientras responde llamadas.

—Sigo trabajando en eso, pero espero que sí —continúa, sonriéndome—. Llegaré lo más rápido posible.

Recorre con la mirada mi cuerpo desnudo, sin prisas, mientras yo me recuesto contra la pared.

—Por mucho que desee que sigas desnuda, tengo que irme. Quiero que vengas conmigo, porque volveremos enseguida. Todavía no estoy preparado para dejarte sola.

155

Pongo los ojos en blanco.

—Los policías pueden volver a quedarse fuera. Duke puede recuperar su habitación.

Es una concesión terriblemente estúpida.

—A Duke lo han llamado para que se ocupe de un homicidio del que me acaban de informar. Han asesinado al padrastro de Hadley. Ha solicitado interrogarla.

Vuelve a mirarme a los ojos y yo intento mantener una expresión impasible mientras pienso en la verdadera razón por la que probablemente Duke esté allí. Dudo que sea para interrogar a Hadley sobre el monstruo al que he matado. Si acaso, quiere saber el resto de los secretos de dicho monstruo…, aquellos tan oscuros que me confesó. Los que yo no esperaba. Los que Lindy tendrá que compartir.

Entonces me doy cuenta de que sería buena idea mostrar alguna expresión.

—¿Estaban muy unidos? —suelto sin pensar, mientras intento recomponerme tras quedarme desprovista de mi fachada de hielo.

—No —me dice mientras elige un vestido del armario y me lo da.

Arqueo una ceja y paso por delante del vestido que me ofrece para coger unas mallas y una camiseta. Mientras me pongo unas bragas y un sujetador, él deja caer el vestido sobre la cama, sonrojándose un poco. Me pondré un vestido una noche en la que me maquille y pueda hacer algo más que recogerme el pelo en una coleta.

—¿Hadley está bien? —digo, imitando las preguntas típicas.

Porque todas las cosas que hago suelen ser una imitación.

—Está… No lo sé. Al parecer, él era un capullo enfermo. Hadley me contó que cuando se escapó era una niña confundida. Ahora me pregunto si… —Deja la frase en el aire y se pasa la mano por el pelo con frustración.

—Vamos —digo, mientras me recojo el pelo nada más terminar de vestirme.

Como si mi vida no fuera ya lo suficientemente complicada, estoy a punto de entrar en la sede del FBI. De lujo.

Capítulo 12
LOGAN

Aquel que practica la virtud no vivirá en soledad, siempre encontrará compañía.

—Confucio

—Quédate aquí —le digo a Lana mientras señalo una enorme sala de personal—. Te llevaría a que esperaras en mi despacho, pero es de acceso restringido.

Ella me aprieta la mano y me regala una sonrisilla tranquilizadora.

—No pasa nada. Ponte a hacer tus cosas.

Salgo de la sala de personal dejando la puerta abierta y luego me encamino directo hacia el despacho de Craig, donde me espera junto con Hadley y Duke. Los ojos enrojecidos de Hadley se encuentran con los míos en cuanto cruzo la puerta, y ella aparta la vista bruscamente.

Dirijo la vista hacia Duke, que me fulmina con la mirada.

—¿Qué necesidad hay de que estéis aquí cuando solo quiero hacerle un par de preguntas sencillas? —inquiere Duke, enfadado.

—Considéralo una observación, pero tu jefe puso a mi chica en peligro solo para tener más posibilidades de atrapar a un asesino en serie. Luego apareces tú, acusando a una de mis compañeras de un delito que es imposible que haya cometido.

Levanta las cejas y una sonrisa perezosa se dibuja en sus labios.

—¿En serio? La agente Grace tiene tantas coartadas que sería una tontería intentar culparla de la muerte de Kenneth Ferguson.

—Entonces ¿qué haces aquí? —pregunto con recelo.

Su sonrisa se desvanece y saca varias fotos envueltas en una bolsa. A Hadley se le corta la respiración al verlas y se agarra a la silla.

—Aquí no están todas las fotos que tenía, ¿pero veis a estos chicos? Están desaparecidos. Algunos desde hace años.

Hadley se dobla sobre sí misma y vomita en una papelera. De hecho, Duke parece compadecerse mientras la observa.

—Necesito aire —dice Hadley, y se limpia la boca con el dorso de la mano mientras se pone de pie.

Le hago un gesto con la cabeza a Craig, que se la lleva fuera y me deja a solas en el despacho con Duke.

—Querías ver cómo reaccionaba —le digo mientras yo también tomo asiento.

—Huyó de su casa por algún motivo —responde Duke—. Lo acusó de abusar de ella cuando era una niña.

—Así que intentas…

—Intento encontrar respuestas sobre los lugares «especiales» a los que la llevaba, por terrible que parezca. Tenemos que encontrar a esos críos, incluso aunque lo único que recuperemos sean cuerpos. Alguien ha matado a este tipo, pero, más que al asesino, a quien busco es a las docenas de niños que están desaparecidos.

Saca el teléfono y yo echo un vistazo a las fotos que están sobre el escritorio. La mayoría son de niñas desnudas, tendidas sobre una cama. Se me revuelve el estómago y aparto la mirada. Hadley nunca me contó nada sobre esta parte de su pasado.

—Ferguson abandonó a la madre de Hadley poco después de que esta huyera. Eso significa que la madre ya no le servía una vez que su hija se había marchado. ¿Cómo puede una madre pasar por alto algo así? —pregunta.

—A menudo es más fácil convencerse de que es imposible que el mal se aloje en una persona a la que se ama que admitir que se ha fallado a alguien cuyo bienestar debería haber sido la prioridad. Lo vemos con demasiada frecuencia. Es lo que llamamos efecto de la vista gorda —digo con aire ausente.

Justo cuando estoy a punto de preguntar algo, me tiende su teléfono y abro los ojos con incredulidad.

—Alguien sabía lo que estaba haciendo este tipo —continúa, señalando la foto.

A Kenneth Ferguson lo han torturado. De eso no cabe duda. Le han arrancado la piel en numerosas partes del cuerpo. Hay manchas negras en las zonas desolladas, como si alguien lo hubiera quemado.

—Se usó una navaja. También un soplete, posiblemente el que guardaba en la planta de abajo para soldar. Y le hincaron clavos en los pies y en los testículos, setenta para ser exactos... Encontramos sesenta y nueve fotografías y setenta clavos. Todo esto antes de arrojar su cadáver al agua.

Hago una mueca mientras me pregunto por qué tantos asesinos están obsesionados con los genitales.

El agua ha hinchado el cuerpo, lo que ha dotado a la carne de un color más pálido y dejado al descubierto unas venas azules. Tiene los ojos blancos y vidriosos.

—¿Estaba muerto antes de llegar al agua?

Él afirma con la cabeza.

—Entonces el agua fue un recurso para ocultar pruebas. Estamos ante un asesino organizado al que no le tiembla el pulso a la hora de torturar. Podría tratarse de un sicario. ¿Dónde están los padres de estos niños? Alguno de ellos podría saber dónde están enterrados o retenidos el resto de los críos, si es que siguen con vida.

—Todos ellos estaban tutelados por el Estado, no tenían hogar y no habían sido asignados a una familia de acogida. Se los había etiquetado como fugados. Ferguson era un trabajador social sin restricción alguna para acceder a archivos y carpetas con innumerables niños que podía llevarse a su antojo. Las edades oscilaban entre los ocho y los quince años.

—Los gustos de los pedófilos tienen un margen de edad muy específico, normalmente de dos o tres años. Nunca contemplan una diferencia tan amplia. A menos que...

—¿A menos que qué? —pregunta.

—A menos que se trate de un *groomer*. Es poco frecuente, pero algunos pedófilos escogen a niños a los que pueden engatusar para entablar relaciones a largo plazo, de modo que, cuando sus cuerpos alcanzan la madurez suficiente, obtienen algo más que simples caricias.

Él reprime un sonido, posiblemente al tragarse la bilis.

—Menudo cabrón enfermo. ¿Y por qué los mata?

—Si los mató fue porque ya no desempeñaban su papel dentro de sus fantasías. Probablemente se volvieran más distantes o reacios. Puede que incluso lloraran demasiado. Quiere que lloren cuando son niños. Y en el caso de las niñas, busca que se sometan. La mayoría de los niños que han sido abusados psicológicamente acaban con problemas mentales o se suicidan. Algunos de estos casos podrían ser suicidios.

—Quiero encontrarlos. Al menos quiero darles voz, maldita sea —dice Duke con rabia—. A nadie le importó. Nadie los buscó. Y nadie impidió que este demonio siguiera actuando durante todos estos años.

—Alguien lo ha hecho —le recuerdo, con curiosidad—. Tal vez uno de ellos escapó en un momento dado y volvió para vengarse.

—He difundido la información a los medios y he pedido a cualquier posible víctima que acuda a la policía. ¿Está mal que no quiera atrapar a su asesino? Solo deseo encontrar a los niños desaparecidos, ya sea vivos o muertos.

Se lo ve realmente afectado.

—No puedo responder a preguntas sobre dilemas morales. ¿Cuándo alertaste a los medios de comunicación?

—Encontraron el cuerpo hace tres horas. Hasta el momento nadie ha llamado ni ha dado la cara. Lo mataron en su sótano, pero la escena estaba contaminada con lejía. El sujeto desconocido roció la habitación y luego la mojó con una manguera. Parece que no es la primera vez que mata.

—Has hablado en masculino —le digo con el ceño fruncido.

—El tipo pesaba una tonelada. Es imposible que una mujer cargara ella sola con él hasta el agua. Había indicios de que lo hicieron rodar hasta el agua, pero, aun así, para eso se requiere mucha fuerza. Había un tramo cuesta arriba. Luego utilizaron una azada para remover toda la tierra donde había pisadas. Las huellas de neumáticos que encontramos no eran suficientes para determinar la marca o el modelo del coche. Tuvo cuidado de no pisar la tierra ni la arena.

Sin duda, es organizado. Demasiado organizado como para haber cometido solo un asesinato.

—No hay marcas de vacilación —digo en voz baja, señalando la foto—. Puede que estemos ante un asesino en serie.

Se le tensa el cuerpo y entrecierra los ojos.

—No estoy intentando quitarte el caso, detective —añado, y observo cómo se relaja—. Solo digo que puede que te enfrentes a una especie de vengador que trata de hacer justicia en situaciones en que la policía no fue capaz de hacerla. Quizás te interese investigar...

La puerta se abre y entra Craig.

—Tenemos a una niña pequeña aquí. Está magullada y desnutrida, y la mujer que la ha traído asegura que la dejaron en la puerta de su casa por la noche. La niña es víctima de Ferguson.

Mis ojos se posan en los de Duke cuando él abre mucho los suyos, y ambos nos lanzamos hacia la puerta a toda prisa.

La niña le susurra algo al oído a Hadley cuando entramos en la sala donde están sentadas, y Hadley frunce el ceño, observándola con atención.

—¿Qué pasa? —pregunta Duke.

La niña se estremece al oír su voz, brusca y exigente. Duke se tensa al darse cuenta de su error.

—Lo siento —dice con suavidad cuando la mujer rodea a la niña con un brazo.

¿La encontraron anoche? ¿Y la cría, traumatizada como está, se está agarrando a esta mujer?

—Lo siento —repite Duke, con voz apenas audible, mientras toma asiento.

—Me voy a casa —dice Hadley mientras se acerca a mí y me agarra del brazo de camino a la puerta—. Deja que esa niña se quede con Lindy. No permitas que se la lleven. Necesito… Necesito un momento.

La sigo fuera, y dejo que Duke hable con quien asumo que es Lindy. Craig se une a él y se sienta con su iPad mientras escucha atentamente.

—No lo sé. Sonó el timbre y, cuando abrí, ahí estaba Laurel. La metí dentro, le di comida y agua, y después dejé que se duchara todo el rato que quisiera. Fue entonces cuando vi las noticias y Laurel me contó su historia, junto con la información que necesitan. Les relataré todo lo que me dijo, pero solo si me prometen que podrá quedarse conmigo. Que no se la llevarán.

—Sí —coincide Laurel con rotundidad.

Un vínculo tan profundo no se puede forjar tan rápido a menos que Laurel y Lindy sepan más de lo que creo.

Hadley me distrae cuando cierro la puerta de la sala y centro mi atención en mi amiga.

—¿Estás bien?

Hadley se da la vuelta con lágrimas en los ojos. Ahora no hay nadie por aquí, todos están buscando a Plemmons.

—No, no estoy bien. Dejé que me convencieran de que todo era producto de mi mente. Pensé que estaba enferma y loca, Logan. Ahora… esa niña está ahí dentro. Esos críos… Todo esto es culpa mía.

Traga saliva con dificultad mientras solloza y se seca los ojos.

—Esto no es tu culpa, Hadley.

—Debería haberme esforzado más. Debería haber investigado a fondo cuando empecé a trabajar aquí. No se presentaron más informes… Lo tenía configurado para que me enviara una alerta. Sinceramente, creía que todo estaba en mi cabeza. Ahora… solo necesito irme a casa. Te llamaré más tarde.

Se aleja sin volver la vista atrás, y yo suelto un largo suspiro. Necesita espacio, y lo entiendo. Solo espero que esto no la destroce.

Veo que se detiene y mira hacia la sala de descanso, donde está Lana. Inclino la cabeza, confundido, mientras la emoción desaparece de sus ojos y se convierte en algo más intenso, pero no puedo ver a Lana.

Por fin Hadley se va, y yo me anoto mentalmente que debo preguntarle por eso más tarde.

Justo cuando echo a andar hacia la sala, Craig sale con la cara enrojecida y los ojos muy abiertos.

—A tu despacho. Ya —dice, y pasa de largo junto a mí.

Lo sigo, confundido, y veo que les hace un gesto a Donny y a Leonard para que se unan. Elise y Lisa están tomándose un descanso para dormir, como debería estar haciendo yo.

En cuanto estamos todos en mi despacho, Craig cierra la puerta y nos enseña el iPad.

—Lindy May Wheeler es la mujer con la que el asesino de Ferguson decidió dejar a la niña.

Su nombre no me suena.

—¿Y bien? —pregunta Donny.

—Lindy May Wheeler es oriunda de Delaney Grove.

La sangre se me congela en las venas y se me pone la piel de gallina. Despacio, me acerco a la silla y me dejo caer en ella mientras trato de asimilar el peso de tal revelación.

—Se marchó hace nueve años y medio, empezó una nueva vida e incluso prescindió de su apellido —añade—. Ahora solo se hace llamar Lindy May.

—¿Qué coño pasa en ese pueblo? —pregunta Donny en un susurro.

—Yo estuve allí. Era como estar en el episodio de una serie antigua. Todo el mundo sonreía y estaba feliz, nos saludaba con la mano cuando pasábamos. No había señales de que ocurriera nada raro. En todo caso, viven como si estuvieran en los noventa, y se niegan a avanzar con el resto del mundo.

—Torturan y asesinan a alguien, y una niña inocente acaba en manos de una residente de Delaney Grove. Eso no es coincidencia —dice Donny.

—No ha habido castración —señala Craig—. Esa es la única conducta que mantiene constante. ¿Por qué iba a cambiar si fuera él? En todo caso, este tipo merecía que lo castraran más que cualquiera de las víctimas anteriores.

—Que sepamos —digo en voz baja, y levanto la vista cuando todas las miradas se posan en mí—. No quería que relacionáramos esto con él. Fue un asesinato impulsivo. No estaba preparado. Las huellas estaban revueltas, lo que significa que quizá no llevaba botas. Puede que incluso nos esté engañando con su peso. Vertió lejía por toda la escena del crimen para borrar las pruebas. Eso no es habitual en él, lo que significa que normalmente está más preparado. ¿Qué fue lo que lo desencadenó?

—Tenemos que ajustar el perfil —dice Donny.

—¿Por qué? —le pregunta Craig.

—Porque un sádico nunca perdería el tiempo desviándose de sus verdaderos objetivos para ir a matar a un pedófilo. Tenía un motivo. Hubo algo que alentó el deseo del sujeto de matar a este hombre —explico—. Un sádico no se tomaría la molestia de localizar a la niña y dejarla en manos de alguien que, en su opinión, cuidaría bien de ella. No le importaría lo más mínimo.

—No había ira —dice Donny, que ya sabe adónde quiero ir a parar—. Las ejecuciones fueron brutales, pero cada cuchillada fue controlada y calculada. Si no hay ira, no hay venganza.

—¿Y si este sujeto lleva preparándose para esto mucho más tiempo del que pensamos? ¿Y si se ha insensibilizado? De ser así, no reflejaría rabia en sus asesinatos. Se trataría más bien de infligir el mayor dolor posible, lo que explicaría tantos días de tortura. —Cuando termino de pronunciar estas palabras, todos contienen el aliento.

—Tenemos que investigar más a fondo ese pueblo. Allí ha ocurrido algo muy jodido.

—¿Y Plemmons? Se supone que ahora mismo debemos centrarnos exclusivamente en ese caso —me recuerda Leonard.

—Técnicamente, se supone que soy un simple intermediario con los medios de comunicación. Puedo investigar esto sin meternos en problemas —se ofrece Craig—. Tal vez Lindy May pueda arrojar algo de luz sobre este pueblo.

—Voy a ver qué consigo averiguar —dice Donny, que acto seguido se levanta y se marcha.

—Voy a ir a escuchar —les digo—. Centraos en Plemmons. Seguid trabajando en eso. Esto no cambia nada en lo que respecta a las prioridades —le digo a Leonard.

—La venganza llevaría a este tipo a ponerse en contacto con los medios de comunicación —dice Leonard, absorto en sus pensamientos—. Ha matado a seis personas. Querría que se conociera su historia. Querría que el mundo supiera por qué lo ha hecho. No tiene sentido.

—¿Y marcar al padrastro de Hadley como objetivo? No puede ser una coincidencia —señalo—. Nos está observando. Posiblemente esté estudiándonos. No quiere que los medios se hagan eco todavía porque no desea que el mundo conozca sus motivaciones hasta que esté preparado para dar el golpe final. No tenemos ni idea de lo larga que es esa lista, y por eso necesitamos saber qué sucedió para que una persona aparentemente normal, que se preocupa lo suficiente por una criatura como para llevarla a un lugar seguro, se convirtiera en un torturador y asesino brutal.

—No es un sádico, desde luego —dice Leonard con un suspiro—. Eso está más que claro.

Se pone de pie y se pasa las manos por el pelo mientras gruñe.

—Ese pueblo era demasiado perfecto para que algo tan oscuro formara parte de su pasado reciente. Voy a ver hasta dónde puedo remontarme. No pienso parar hasta encontrar algo.

—Céntrate en Plemmons por ahora. Cuando demos con ese desgraciado, indagaremos en Delaney Grove.

Él asiente con la cabeza, aunque parece que lo hace de mala gana.

Craig se levanta y se lleva su iPad.

—Voy a ver si puedo averiguar algo. Tú ocúpate de esto. —Hace una pausa y me observa durante un momento—. ¿Qué significa que un asesino en serie ataque a alguien que ha hecho daño a un miembro de nuestro equipo?

Aprieto los labios mientras Leonard se pone en pie.

—Atacar a un pedófilo denota que sufrió algo igual de traumático… Puede que incluso sienta empatía por Hadley. No creo que nos tenga señalados como objetivo. Creo que quiere que lo entendamos.

—Pero no quería que lo relacionáramos con esto —contraargumento—. Se vio obligado a hacerlo porque quería proteger a la niña. Ha roto por completo con cualquier relación nueva y se ha visto obligado a volver a las del pasado, las únicas que no están corrompidas por lo que ocurrió.

Miro a Craig.

—¿Has dicho que Lindy May se marchó de allí hace nueve años y medio?

Él asiente.

—Céntrate en esa época. A ver qué encuentras.

Enseguida empieza a buscar algo en su iPad y yo miro a Leonard.

—Llama a Hadley. Cuéntale lo que hemos descubierto. Es mejor pecar de precavidos.

—Los cautos rara vez se equivocan —bromea, citando a Confucio mientras sale de la habitación.

—Revisaremos todo el perfil, examinaremos las pruebas desde una perspectiva totalmente nueva después de ocuparnos de Plemmons —le digo, siguiéndole fuera.

—Esto lo cambia todo —coincide él.

Entro en la pequeña sala de reuniones, donde Duke sigue hablando con Lindy. Donny niega con la cabeza, indicándome que aún no ha preguntado nada.

—Ya le ha dicho que no llegó a ver a la persona que la llevó allí —dice Lindy, fulminando a Duke con la mirada mientras Laurel se recuesta contra ella, sin mostrarse en absoluto cohibida.

Sabe algo. Sabe que Ferguson está muerto, pero ni siquiera eso conseguiría tranquilizar a una niña asustada. Ya ha forjado un vínculo con Lindy May. Debe de haber una razón que lo explique y que vaya más allá de sentirse segura con ella. ¿Y por qué se siente tan a salvo?

—Estaba tan agotada que ni siquiera abrió los ojos —continúa Lindy.

La rodea con un brazo protector, mostrando un instinto maternal casi instantáneo. Se ha encariñado con Laurel tanto como Laurel se ha encariñado con ella. En menos de veinticuatro horas.

—Entonces, ¿no tiene idea de cómo acabó en su porche? ¿Y usted no vio nada?

Frunce los ojos hasta que no son más que rendijas.

—He venido voluntariamente, dispuesta a darles información. Todavía no han aceptado mis condiciones, pero les he contado todo lo que podía, excepto lo que realmente quieren saber. Sin embargo, me siguen interrogando. Debería haberme quedado en casa.

Duke abre la boca para hablar, pero le pongo una mano en el hombro para atraer su atención.

—Dijiste que querías saber dónde estaban los otros niños, así que ¿por qué la estás interrogando sobre quién llevó a la niña?

Cierra la boca de golpe y ladeo la cabeza.

Al final, suelta un largo suspiro.

—No tiene sentido. Hasta tú sabes que algo no cuadra.

—¿Qué información es la que tiene? —le pregunto a Lindy.

Ahora es a mí a quien fulmina con la mirada.

—No pienso contarles nada hasta que me prometan que Laurel podrá quedarse en casa conmigo. Tienen que prometerme que nadie se la llevará.

Laurel se aferra a la mano de Lindy, todavía recostada sobre ella.

—Donny, haz un par de llamadas —digo, ladeando la cabeza—. Asegúrate de que no trasladen a Lauren del domicilio de la señora Wheeler.

—May —me corrige Lindy de inmediato—. Mi apellido ahora es May. Ya no uso Wheeler.

—¿Y eso a qué se debe, señora May? —pregunto, actuando como si fuera una novedad para mí.

—A veces uno necesita empezar de cero. Lo mismo que intento ofrecerle a Laurel. ¿Por qué se nos está tratando como criminales cuando solo hemos venido a ayudar?

Duke se deja caer sobre su asiento, y una expresión de arrepentimiento le cruza el rostro.

Está entrenado para indagar ante respuestas sospechosas. Está claro que ella esconde algo, pero no sé qué.

Donny sale con el teléfono en la oreja mientras hace las llamadas oportunas.

—¿Por qué se fue de Delaney Grove? —le pregunto.

No hay sorpresa en sus ojos, pero se pone rígida. Laurel le aprieta la mano con más fuerza.

Sin duda sabe algo, y apuesto a que Laurel también está al tanto de una parte del rompecabezas.

—Me divorcié y decidí cambiar de vida para tratar de mejorarla. Delaney Grove no es tan maravilloso como parece.

Craig me mandó toda la información que tenemos de ella, y ahora mismo la estoy consultando en mi móvil.

—Estuvo casada con Antonio Gonzalez, ¿verdad?

Ella asiente con un gesto seco y con una expresión fría en la mirada.

—Él sigue viviendo en Delaney Grove —continúo.

Duke me observa con expresión de desconcierto.

—¿Por qué vino aquí en lugar de ir a la comisaría de policía? —le pregunto—. La policía local fue la que difundió que necesitaban información sobre Ferguson.

—Deberían llamarlo «monstruo» —interviene Laurel, lo que me pilla por sorpresa, mientras sus ojos se oscurecen.

Hay rabia en ellos. Una rabia oscura y muy arraigada. No hay ni una pizca de miedo en su mirada, solo un odio decidido, muy poco común en una niña abusada. Los moratones en sus brazos, cara y cuello sugieren que no fue muy delicado con ella.

¿La habrán examinado ya?

Lindy ignora mi pregunta, pero yo ya sé la respuesta. Él las envió aquí.

—¿La ha visto un médico? —le pregunto a Lindy, cambiando el tono de las preguntas.

—Vamos a visitar uno hoy.

No añade nada más.

—¿Qué gravedad tienen sus lesiones?

—La suficiente como para dejar cicatrices en su alma, pero no tanta como podrían haber tenido. Ya me entiende, agente.

No la ha violado. Es demasiado pequeña. Pero la ha forzado a hacer otras cosas, y eso ya es suficientemente grave.

Lindy habla como si ella misma fuera una víctima, como si entendiera el trauma desde otra perspectiva. El sospechoso lo sabía, porque esto no puede ser una coincidencia.

Ella lo conoce. Y, al parecer, también respalda la cruzada en la que está embarcado. No voy a obtener información alguna por su parte que me permita identificarlo. Lo sucedido ha afectado a más personas aparte de al sospechoso.

Pero ¿por qué no me cuenta lo que ocurrió?

¿Qué cojones está pasando en Delaney Grove?

—Señora May, sé que esto es difícil, pero ¿puede decirme al menos qué la llevó a marcharse de Delaney Grove? ¿Quizás algo que afectara a más personas además de a usted?

Su mirada cambia y la calma se apodera de ella.

—Me fui para empezar de cero, agente. Si quiere informarse sobre Delaney Grove, tal vez debería visitarlo.

Así que le ha pedido que no diga nada. Ha hablado con él. De eso no me cabe duda.

Salvó a la niña. La niña se siente segura porque él es el caballero oscuro que derrotó al monstruo que la ha aterrorizado durante meses desde su desaparición. Nuestro sujeto se la entregó a esta mujer, convencido de que la protegería. Ella confiaba en él. Lindy la acogió y enseguida se creó un vínculo entre ellas.

Eso tiene mucho sentido.

Ambas le deben silencio por un motivo. No hablarán nunca. Y yo no me dedico a acosar a víctimas que ya han sufrido bastante. Encontraré otra forma.

Donny vuelve a entrar y lo miro cuando asiente con la cabeza.

—Laurel es tuya —le digo a Lindy.

—El papeleo. Lo quiero por escrito.

La instruyó acerca de cómo hacerlo. Le dijo que se asegurara de obtener la custodia aprovechando la información.

Increíble.

Nos hemos equivocado por completo con él.

No encontraremos antecedentes de maltrato animal. Habrá sido una persona amable, posiblemente ingenua y confiada, demasiado ingenua. Lo bastante como para haber sido víctima de alguien.

Pero no consiguió destrozarlo, y él ha regresado para vengarse a sangre fría. Pero ¿por qué atacar a tantas personas? ¿Qué coño hicieron?

Donny sale de nuevo para ir a buscar algo por escrito. Duke golpea con impaciencia el bolígrafo, moviendo la pierna bajo la mesa. Frente a él, Laurel le susurra algo al oído a Lindy. Esta le da un beso en la frente a la niña.

Observo, fascinado, que Laurel no se espanta ante esa muestra de afecto. Se ha creado un vínculo maternal instantáneo entre dos víctimas unidas por un asesino. Un asesino que ellas consideran que mata a los monstruos de sus pesadillas.

Un asesino que no se detendrá.

No son conscientes de lo peligroso que se volverá este tipo. Los asesinos vengativos no ponen límites a la hora de decidir quién muere. El mínimo error supone una sentencia de muerte. Se toman la justicia por su mano, se convierten en jueces, jurados y verdugos, y se creen inmortales.

Donny regresa con un papel en la mano. Se lo entrega a Lindy, que lo lee con atención en busca de algún tipo de trampa.

Cojo el papel y lo firmo.

—Esta es mi forma de decir que la creo —le explico, observando cómo me analiza.

Debe de confiar en lo que ve en mis ojos, porque saca un trozo de papel del bolso y me lo entrega. Duke se levanta y se acerca para leerlo por encima de mi hombro.

Es un mapa del lugar donde están enterrados los cuerpos, escrito con sangre y con una caligrafía muy cuidada, probablemente con una pluma para disimular la letra del sospechoso. ¿Sabe caligrafía?

Es tan organizado que resulta inquietante.

¿Cuánto tiempo lleva preparándose para todos los posibles escenarios?

Hay una firma: Kenneth Ferguson. Solo que no está caligrafiada. Está escrita con sangre, probablemente con su propio dedo. Los trazos son trémulos, como si estuviera temblando cuando el sospechoso le obligó a firmar con su propia sangre.

Ese es el nivel de crueldad que nos indujo a perfilarlo como un sádico.

Hay una X que señala numerosas tumbas, con los nombres de cada niño escritos en caligrafía. La única estructura que aparece en el mapa parece ser una especie de cobertizo. Las tumbas están a su alrededor. El mapa va desde su casa, con los nombres de las calles que hay que tomar en cada cruce. Iba a visitarlos. Ese maldito enfermo sabía exactamente dónde había enterrado a cada uno de los niños.

«Sesenta y nueve fotografías. Setenta clavos».

Vuelvo a recordar que alguien pronunció esas palabras.

Salgo corriendo de la habitación, dejando a Duke atrás para que se ocupe de los asesinatos que lo tienen desplomado en una silla, incrédulo.

Agarro la hoja que Duke dejó en la oficina, en la que figuran los nombres de todos los niños. Nuestra gente debe de haber pasado el reconocimiento facial a todos los críos del sistema. Cuando se fugan, sus nombres y fotos quedan registrados.

Hay una lista de nombres que encajan con cada foto. Sesenta y nueve nombres.

Esos mismos nombres y edades están escritos en las propias fotografías.

Solo hay uno que no aparece en la lista.

El de Hadley.

Le ahorró la vergüenza que le habría supuesto ser reconocida en las fotos por nuestro equipo. Le dijo a Lindy que viniera aquí en lugar de acudir a la policía. Sabía que nos lo tomaríamos de forma más personal, que Lindy tendría más opciones de conseguir la custodia de Laurel.

Está claro que siente afinidad con Hadley, y es posible que quiera ver su reacción. Hadley no responde, así que le dejo un mensaje en el buzón de voz con la esperanza de que lo escuche pronto.

Luego me dirijo a la sala de descanso, donde Lana está bebiendo una Coca-Cola, reclinada con los pies cruzados a la altura de los tobillos mientras mira fijamente la televisión. Me apoyo en el marco de la puerta y observo su sonrisa despreocupada.

No tiene ni idea de lo podrido que está el mundo. Detesto no poder llevarla a casa ahora mismo. Detesto que esto se haya complicado tanto y ahora tenga que quedarme. Ella es lo único que me mantiene cuerdo en estos momentos.

Adiós a pasar un rato en la cama disculpándome aún más.

Capítulo 13
LANA

No te avergüences de tus errores,
hacerlo es convertirlos en crímenes.
—Confucio

Logan se va un momento, cuando de repente
veo a Lindy caminar frente a la sala de descanso con Laurel. Supongo que estuvo muy pendiente de las noticias, lista para llevar a cabo lo
que le pedí que hiciera.

Al verme, Lindy abre los ojos con sorpresa,
y yo le hago un guiño, llevándome el dedo a
los labios en señal de silencio, mientras con la
otra mano señalo mi tarjeta de visitante.

Ella disimula de inmediato su asombro y
Laurel me sonríe y me saluda con la mano. Me
preocupo un poco cuando veo que Hadley se
acerca de repente a ellas y me mira.

Laurel desvía su atención hacia Hadley, que
me observa con los ojos entrecerrados.

—¿Puedo ayudaros en algo? —pregunta.

Entra un chico señalando a Laurel y a Lindy.

—Tienen información sobre el caso de Ferguson. Las acompañé hasta arriba, pero no encuentro al agente Bennett.

Solo con oír su nombre se me revuelve el estómago. Espero que no me defraude. Le di instrucciones a Lindy para que buscara a su equipo, pero sin nombrarlo a él. Si es el hombre que creo que es, le concederá la custodia de Laurel sin tratarla como a una delincuente por estar relacionada conmigo…, con el monstruo que le oculto a él.

—Las llevaré a la sala de reuniones número tres —le dice Hadley, mirándome de nuevo con recelo. Laurel me lanza una última mirada, pero Lindy mantiene el rostro impasible, cumpliendo a la perfección con su papel.

Laurel cree que soy un ángel. Probablemente piense que no puede verme nadie. A sus ojos, me mantengo cerca para cuidarla, para asegurarme de que esté a salvo, tal y como le prometí.

Ahora está limpia. También lleva ropa nueva que Lindy debe de haberle comprado de camino aquí.

—Oye, ¿qué pasa? —oigo que pregunta una voz que me suena. ¿Craig? ¿Se llamaba Craig?

Creo que sí.

Después ya no oigo nada más porque se alejan demasiado. Así que finjo que me interesa lo que veo en la tele mientras me bebo un refresco que he sacado de una de las máquinas expendedoras.

Probablemente Lindy piense que tengo mucho valor por estar aquí en este momento. No tiene ni idea del follón en el que me he metido.

Pero ellos están buscando a un monstruo.

No a una chica a la que le encanta el rojo.

No a una chica que se está enamorando.

No a una chica que murió hace diez años.

Pasado un rato, siento que alguien me observa y, cuando echo un vistazo a la puerta, descubro a Hadley mirándome fijamente. Sus ojos destilan sospecha mientras me escruta sin molestarse en disimular.

Estoy segura de que Laurel no se lo ha contado. Y mucho menos Lindy.

Por otra parte, si lo hubieran hecho, ahora estaría en una sala de interrogatorios. Ha sospechado de mí desde el principio, así que obviamente sigue empeñada en eso.

Para asegurarme, la miro con una ceja arqueada, como si la estuviera retando a decir algo. Se queda callada.

Tiene los ojos rojos, como si hubiera estado llorando. Está claro que no le importaba Ferguson. Entonces, ¿por qué llora?

Al final, interrumpe la guerra de miradas y se aleja sin decir una palabra. Vuelvo a centrar la atención en la «trifulca» que tienen montada en el programa de la tele. La verdad es que tiene bastante gracia.

Además, nadie espera que una chica que se ríe en la sala de descanso haya torturado hace poco a un tío y haya desenterrado oscuros secretos que nadie sabía que existían.

Un rato después vuelvo a sentir que me miran y giro la cabeza hacia la puerta para encontrarme con Logan observándome con una sonrisilla en los labios.

—¿Qué? —pregunto, aliviada al verlo sonreír.

—Tú. Eres tan… Supongo que estarás harta de que diga que eres perfecta. Pero es la verdad.

Me levanto despacio, dedicándole una sonrisa. Me alegro mucho de no ser sospechosa. Me preocupaba que Lindy no tuviera la fortaleza necesaria para esto, pero ha demostrado que sí la tiene.

Laurel tiene un hogar.

Estoy segura de ello.

—¿Estás bien? Llevas un buen rato desaparecido.

Su sonrisa se desvanece.

—Lo siento. Tenía muchas cosas pendientes. Lo único bueno, además de verte ahora, es que una niña sin hogar y traumatizada ha encontrado un lugar seguro donde vivir.

Exhalo en silencio, sintiendo cómo me invade la calma. No me ha fallado. Sabía que era perfecto para esto.

—¿Podemos irnos ya? —pregunto, acercándome a él.

Me agarra por la cintura, me pega a su cuerpo y luego se inclina mientras yo me pongo de puntillas para acercarme todo lo que puedo antes de que su boca encuentre la mía.

—No —dice, y suelta un suspiro con los labios todavía sobre los míos—. Tengo que quedarme.

Se retira a regañadientes, con los ojos nublados por el arrepentimiento.

—Te daré mis llaves. Vete a casa. Esto puede ir para largo.

Mierda. Seguro que han relacionado este asesinato conmigo… Bueno, más bien con el yo al que no han podido identificar. Sabía que lo harían.

Ahora tengo que dejar que haga su trabajo: intentar encontrarme.

—Vale.

Veo pasar a Lindy y a Laurel acompañadas por Craig. Laurel vuelve a saludarme con la mano y yo le guiño un ojo mientras Logan está distraído rozándome la frente con los labios.

—Esta noche he tenido que investigar los antecedentes de una mujer solo para asegurarme de que un asesino había elegido bien —dice el chico que estuvo en mi casa mientras entra en la sala de descanso, sin percatarse de mi presencia—. Vaya tela de día.

Saben que la elegí a ella. Pero al parecer no ha dicho nada.

«Bien hecho, Lindy. Gracias».

—Donny, te acuerdas de mi novia, ¿verdad? —pregunta Logan, y mi corazón da pequeñas volteretas por razones que desconozco.

Soy su novia.

Tengo novio.

No es ninguna novedad, pero aun así me emociona como a una adolescente de trece años que no puede despegar los ojos del móvil.

Ni siquiera pienso que es el tipo que está intentando atrapar a la asesina en la que me convierto en mi tiempo libre.

Donny se da la vuelta y se sorprende cuando me ve.

—Perdona —dice, y luego asiente en señal de reconocimiento mientras se sirve una taza de café—. No te he visto siquiera.

Yo me limito a sonreír para parecer dulce y toda esa mierda. «Aquí no hay ninguna asesina despiadada, chicos. Solo una mujer indefensa que se está enamorando. Eso es todo».

—Toma las llaves —me dice Logan colocándomelas en la palma de la mano—. Te acompañaría abajo, pero tengo un montón de trabajo pendiente. Lo siento mucho.

Me encojo de hombros mientras se me acerca un tipo que aparentemente está dispuesto a escoltarme fuera.

—¿Te veo luego?

Los labios de Logan encuentran los míos, respondiendo a la pregunta sin palabras. Alguien carraspea detrás de mí: Donny. Pero Logan no detiene el espectáculo, jugando con mi lengua mientras me atrae hacia sí tanto como puede.

Me derrito contra él, sin importarme si el mundo ve lo locamente enamorada que estoy. Cuando por fin interrumpe el beso, estoy mareada y quizá un poco eufórica.

Me acaricia la mejilla con la mano y me mira fijamente durante un largo rato.

—Después nos vemos —dice, y luego se da la vuelta y me deja atrás mientras Craig se encuentra con él a mitad de camino.

No vuelvo la vista hacia Donny mientras dejo que el otro chico me acompañe fuera. No dice ni una palabra, y yo tampoco le hablo. Está muy sonrojado, como si una pequeña muestra de afecto en público le hubiera sorprendido y hecho pasar una vergüenza tremenda.

Ay… Qué chico tan dulce.

Me acompaña hasta el SUV de Logan y me marcho, rumbo a casa para dormir un poco, cosa que me hace mucha falta. Me alegro de no tener que ocultar más mi agotamiento.

Ya no están los coches patrulla al final del camino de entrada; según parece, han tenido que acudir a investigar el último caso de homicidio en el que están involucrados varios niños desaparecidos.

Es un juego de palabras terrible, pero agarré a ese desgraciado por los huevos.

Bueno, más bien se los clavé en una silla mientras lloraba sin parar durante horas. Menos mal que llevaba guantes. De ninguna manera iba a tocar esas cosas feas, arrugadas y peludas con las manos.

Me suena el móvil y veo que es Jake. Le dije que no me llamara más a este número.

—¿Qué pasa?

—¿Te acuerdas de esa chica, Erica Norris? El Hombre del Saco la ha soltado.

—¿Cómo? ¿Cuándo?

—No lo sé. Exige hablar con tu chico. Dice que no hablará con nadie que no sea Logan Bennett. Está a hora y media de distancia de ti.

—¿Y tú cómo lo sabes?

—He hackeado las cámaras del FBI. No te preocupes. No saben que he sido yo. Creerán que es un ruso que lleva muerto dos años.

—¿Por qué iba a dejarla libre?

—No tengo ni la más remota idea. Cuando lo sepa, te aviso. Este tío de aquí sigue a tope en el caso.

Sonrío y pongo los ojos en blanco. Este Jake…

Cuelgo el teléfono y subo las escaleras hasta mi casa.

Cuando entro, oigo música, lo cual me parece raro. Debo de haberla dejado puesta.

Cierro la puerta con llave.

Justo cuando doblo la esquina, algo me golpea en la cara como un martillo y me lanza contra la pared al tiempo que se me escapa un grito de dolor. Las llaves y el teléfono se me caen de las manos y se estrellan contra el suelo, pero el sonido no es más que un eco lejano.

Antes de que mis ojos puedan adaptarse a la oscuridad, un brazo me aprieta la garganta, estrangulándome, mientras intento recuperar el sentido, todavía aturdida por el dolor repentino.

Levanto la mano e intento darle a lo que sea, pero un agarre férreo me sujeta la muñeca y la retuerce con fuerza.

—Peleona. Me gusta. Y guapísima. El agente Bennett tiene buen gusto —dice en medio de la oscuridad una voz profunda y siniestra que me hiela hasta los huesos. Solo un destello de luz ilumina unos ojos malignos que están demasiado cerca de los míos—. Por fin te ha dejado sola. Dime, princesa, ¿le tienes miedo al Hombre del Saco?

Fin del libro 2

Sobre la autora

S.T. Abby era uno de los muchos seudónimos de la autora superventas del *USA Today* C.M. Owens, también conocida como Kristy Cunning. Le encantaba escribir tantos subgéneros que no podía quedarse con un solo nombre. Pasó de las historias ligeras y alegres a las oscuras y un poco retorcidas. (No te preocupes, retorcidas pero divertidas). Quería que todo el mundo encontrara lo que le guste, desde el romance sobrenatural e historias de amor *new adult* hasta el lado más oscuro de la novela romántica. Nació y se crio en un pequeño pueblo de Alabama, donde cada uno se buscaba el entretenimiento como podía y quizá acababa cojeando al día siguiente. Se pasaba los días escribiendo, ayudando a su hijo con los deberes y jugando a videojuegos. Las palabras de S.T. Abby siempre serán un refugio para quien las lea.